想念

往往不是刻意的

沈从文 著

时代文艺出版社

图书在版编目（CIP）数据

想念，往往不是刻意的 / 沈从文著. -- 长春：时代文艺出版社，2020.12（2023.7重印）
ISBN 978-7-5387-6492-5

Ⅰ.①想… Ⅱ.①沈… Ⅲ.①散文集－中国－当代
Ⅳ.①I267

中国版本图书馆CIP数据核字(2020)第145902号

出 品 人	吴 刚
责任编辑	李荣鉴
项目策划	紫图图书ZITO
监 制	黄 利 万 夏
特约编辑	曹莉丽
营销支持	曹莉丽
装帧设计	紫图装帧

本书著作权、版式和装帧设计受国际版权公约和中华人民共和国著作权法保护
本书所有文字、图片和示意图等专用使用权均为时代文艺出版社所有
未事先获得时代文艺出版社许可
本书的任何部分不得以图表、电子、影印、缩拍、录音和其他任何手段
进行复制和转载，违者必究

想念，往往不是刻意的

沈从文 著

出版发行 / 时代文艺出版社
地址 / 长春市福祉大路5788号 龙腾国际大厦A座15层 邮编 / 130118
总编办 / 0431-81629751 发行部 / 0431-81629758
官方微博 / weibo.com/tlapress
印刷 / 艺堂印刷（天津）有限公司
开本 / 880毫米×1230毫米 1/32 字数 / 134千字 印张 / 8.25
版次 / 2020年12月第1版 印次 / 2023年7月第5次印刷 定价 / 55.00元

图书如有印装错误 请寄回印厂调换

萑苇是易折的，磐石是难动的，
　　我的生命等于"萑苇"，
　爱你的心希望它能如"磐石"。

生活简单而平凡，在家事中尽手足勤劳之力打点小杂，义务尽过后，就带了些纸和书籍，到有和风与阳光草地上，来温习温习人事，思索思索人生。

我生活中充满了疑问,都得我自己去找寻解答。
我要知道的太多,所知道的又太少,有时便有点发愁。

我用手去触摸你的眼睛,太冷了。
倘若你的眼睛这样冷,有个人的心会结成冰。

目 录
CONTENTS

第 1 章
我们相爱一生，一生还是太短

一个女子在诗人的诗中，
永远不会老去，
但诗人他自己却老去了。

由达园致张兆和 / 002

在桃源 / 011

今天只写两张 / 013

夜泊鸭窠围 / 017

潭中夜渔 / 022

历史是一条河 / 026

虎雏印象 / 029

张兆和致沈从文之一 / 032

张兆和致沈从文之二 / 034

张兆和致沈从文之三 / 037

/ 想念，往往不是刻意的 /

第 2 章
山河未必静好，人事依旧从容

人的生命会忽然泯灭，
而纯挚无私的友情却长远坚固永在，
且无疑能持久延续，能发展扩大。

昆明冬景 / 040　　三年前的十一月二十二日 / 089

云南看云 / 048　　不毁灭的背影 / 099

怀昆明 / 055　　悼靳以 / 109

白魇 / 064　　友情 / 115

黑魇 / 074

\ 目 录 \

第3章
心中最难割舍,是那一抹湘情

现在还有许多人生活在那城市里,
我却常常生活在那个小城过去给我的印象里。

我所生长的地方 / 124

玫瑰与九妹 / 130

夜渔 / 135

往事 / 142

新湘行记——张八寨二十分钟 / 148

过节和观灯 / 159

常德的船 / 177

/ 想念，往往不是刻意的 /

第 4 章
将一生过往交给忆念

我生活中充满了疑问，都得我自己去找寻解答。
我要知道的太多，所知道的又太少，
有时便有点发愁。

我的家庭 / 192　　一封未曾付邮的信 / 236

我读一本小书同时又读　　遥夜（节选） / 241

一本大书 / 196　　狂人书简——

我的小学教育 / 214　　给到 × 大学第一教室绞脑汁的可怜朋友 / 247

小草与浮萍 / 229

第 1 章

我们相爱一生，一生还是太短

———

一个女子在诗人的诗中，永远不会老去，但诗人他自己却老去了。

由达园致张兆和

××：

　　你们想一定很快要放假了。我要九到××来看看你，我说："九，你去为我看看××，等于我自己见到了她。去时高兴一点，因为哥哥是以见到××为幸福的。"不知道九来过没有？九大约秋天要到北平女子大学学音乐，我预备秋天到青岛去。这两个地方都不像上海，你们将来有机会时，很可以到各处去看看。北平地方是非常好的，历史上为保留下一些有意义极美丽的东西，物质生活极低，人极和平，春天各处可放风筝，夏天多花，秋天有云，冬天刮风落雪，气候使人严肃，同时也使人平静。××毕了业若还要读几年书，倒是来北平读书好。

你的戏不知已演过了没有？北平倒好，许多大教授也演戏，还有从女大毕业的，到各处台上去唱昆曲，也不为人笑话。使戏子身份提高，北平是和上海稍稍不同的。

听说××到过你们学校演讲，不知说了些什么话。我是同她顶熟的一个人，我想她也一定同我初次上台差不多，除了红脸不会有再好的印象留给学生。这真是无办法的，我即或写了一百本书，把世界上一切人的言语都能写到文章上去，写得极其生动，也不会做一次体面的讲话。说话一定有什么天才，×××是大家明白的一个人，说话嗓子洪亮，使人倾倒，不管他说的是什么空话废话，天才还是存在的。

我给你那本书，《××》同《丈夫》都是我自己欢喜的，其中《丈夫》更保留到一个最好的记忆，因为那时我正在吴淞，因爱你到要发狂的情形下，一面给你写信，一面却在苦恼中写了这样一篇文章。我照例是这样子，做得出很傻的事，也写得出很多的文章，一面糊涂处到使别人生气，一面清明处，却似乎比平时更适宜于做我自己的事。××，这时我来同你说这个，是当一个故事说到的，希望你不要因此感到难受。这是过去的事情，这些过去的事，等于我们那些死亡了最好的朋友，值得保留在记忆里，虽想到这些，使人也仍然十分惆怅，可是那已

/ 想念，往往不是刻意的 /

经成为过去了。这些随了岁月而消逝的东西，都不能再在同样情形下再现了的，所以说，现在只有那一篇文章，代替我保留到一些生活的意义。这文章得到许多好评，我反而十分难过，任什么人皆不知道我为了什么原因，写出一篇这样文章，使一些下等人皆以一个完美的人格出现。

我近日来看到过一篇文章，说到似乎下面的话："每人都有一种奴隶的德行，故世界上才有首领这东西出现，给人尊敬崇拜。因这奴隶的德行，为每一人不可少的东西，所以不崇拜首领的人，也总得选择一种机会低头到另一种事上去。"××，我在你面前，这德行也显然存在的。为了尊敬你，使我看轻了我自己一切事业。我先是不知道我为什么这样无用，所以还只想自己应当有用一点。到后看到那篇文章，才明白，这奴隶的德行，原来是先天的。我们若都相信崇拜首领是一种人类自然行为，便不会再觉得崇拜女子有什么稀奇难懂了。

你注意一下，不要让我这个话又伤害到你的心情，因为我不是在窘你做什么你做不到的事情，我只在告诉你，一个爱你的人，如何不能忘你的理由。我希望说到这些时，我们都能够快乐一点，如同读一本书一样，仿佛与当前的你我都没有多少关系，却同时是一本很好的书。

我还要说，你那个奴隶，为了他自己，为了别人起见，也努力想脱离羁绊过。当然这事做不到，因为不是一件容易事情。为了使你感到窘迫，使你觉得负疚，我以为很不好。我曾做过可笑的努力，极力去同另外一些人要好，到别人崇拜我愿意做我的奴隶时，我才明白，我不是一个首领，用不着别的女人用奴隶的心来服侍我，却愿意自己做奴隶，献上自己的心，给我所爱的人。我说我很顽固地爱你，这种话到现在还不能用别的话来代替，就因为这是我的奴性。

××，我求你，以后许可我做我要做的事，凡是我要向你说什么时，你都能当我是一个比较愚蠢还并不讨厌的人，让我有一种机会，说出一些有奴性的卑屈的话，这一点是你容易办到的。你莫想，每一次我说到"我爱你"时你就觉得受窘，你也不用说"我偏不爱你"，作为抗拒别人对你的倾心。你那打算是小孩子的打算，到事实上却毫无用处的。有些人对天成日成夜说"我赞美你，上帝！"有些人又成日成夜对人世的皇帝说"我赞美你，有权力的人！"你听到被赞美的"天"同"皇帝"，以及常常被称赞的日头同月亮，好的花，精致的艺术回答说"我偏不赞美你"的话没有？一切可称赞的，使人倾心的，都像天生就是这个世界的主人，他们管领一切，统治一

/ 想念，往往不是刻意的 /

切，都看得极其自然，毫不勉强。一个好人当然也就有权力使人倾倒，使人移易哀乐，变更性情，而自己却生存到一个高高的王座上，不必作任何声明。凡是能用自己各方面的美攫住别的人灵魂的，他就有无限权威，处置这些东西，他可以永远沉默，日头，云，花，这些例举不胜举。除了一只莺，它被人崇拜处，原是它的歌曲，不应当哑口外，其余被称赞的，大都是沉默的。

××，你并不是一只莺。一个皇帝，吃任何阔气东西他都觉得不够，总得臣子恭维，用恭维作为营养，他才适意，因为恭维不甚得体，所以他有时还发脾气骂人，让人充军流血。××，你不会像帝皇。一个月亮可不是这样的，一个月亮不拘听到任何人赞美，不拘这赞美如何不得体，如何不恰当，它不拒绝这些从心中涌出的呼喊。

××，你是我的月亮。你能听一个并不十分聪明的人，用各样声音，各样言语，向你说出各样的感想，而这感想却因为你的存在，如一个光明，照耀到我的生活里而起的，你不觉得这也是生存里一件有趣味的事吗？

"人生"原是一个宽泛的题目，但这上面说到的，也就是人生。

为帝王作颂的人，他用口舌"娱乐"到帝王，同时他也就"希望"到帝王。为月亮写诗的人，他从它照耀到身上的光明里，就已得到他所要的一切东西了。他是在感谢情形中而说话的，他感谢他能在某一时望到蓝天满月的一轮。××，我看你同月亮一样。……是的，我感谢我的幸运，仍常常为忧愁扼着，常常有苦恼（我想到这个时，我不能说我写这个信时还快乐）。因为一年内我们可以看过无数次月亮，而且走到任何地方去，照到我们头上的，还是那个月亮。这个无私的月不单是各处皆照到，并且从我们很小到老还是同样照到的。

至于你，"人事"的云翳，却阻拦到我的眼睛，我不能常常看到我的月亮！一个白日带走了一点青春，日子虽不能毁坏我印象里你所给我的光明，却慢慢地使我不同了。"一个女子在诗人的诗中，永远不会老去，但诗人他自己却老去了。"想到这些，我十分忧郁了。生命都是太脆薄的一种东西，并不比一株花更经得住年月风雨，用对自然倾心的眼，反观人生，使我不能不觉得热情的可珍，而看重人与人凑巧的藤葛。在同一人事上，第二次的凑巧是不会有的。我生平只看过一回满月。

我也安慰自己过，我说："我行过许多地方的桥，看过许多次数的云，喝过许多种类的酒，却只爱过一个正当最好年龄

/ 想念，往往不是刻意的 /

的人。我应当为自己庆幸……"这样安慰到自己也还是毫无用处，为"人生的飘忽"这类感觉，我不能忍受这件事来强作欢笑了。我的月亮就只在回忆里光明全圆，这悲哀，自然不是你用得着负疚的，因为并不是由于你爱不爱我。

仿佛有些方面是一个透明了人事的我，反而时时为这人生现象所苦，这无办法处，也是使我只想说明却反而窘了你的理由。

××，我希望这个信不是窘你的信。我把你当成我的神，敬重你，同时也要在一些方便上，诉说到即或是真神也很糊涂的心情，你高兴，你注意听一下，不高兴，不要那么注意吧。天下原有许多稀奇事情，我××××十年，都缺少能力解释到它，也不能用任何方法说明，譬如想到所爱的一个人的时候，血就流走得快了许多，全身就发热作寒，听到旁人提到这人的名字，就似乎又十分害怕，又十分快乐。究竟为什么原因，任何书上提到的都说不清楚，然而任何书上也总时常提到。"爱"解作一种病的名称，是一个法国心理学者的发明，那病的现象，大致就是上述所及的。

你是还没有害过这种病的人，所以你不知道它如何厉害。有些人永远不害这种病，正如有些人永远不害麻疹、伤寒，所以还不大相信伤寒病使人发狂的事情。××,你能不害这种病,同时不理解别人这种病,也真是一种幸福。因为这病是与童心成为仇敌的,我愿意你是一个小孩子,真不必明白这些事。不过你却可以明白另一个爱你而害着这难受的病的痛苦的人,在任何情形下,却总想不到是要窘你的。

我现在,并且也没有什么痛苦了,我很安静,我似乎为爱你而活着的,故只想怎么样好好的来生活。假使当真时间一晃就是十年,你那时或者还是眼前一样,或者已做了某某大学的一个教授,或者自己不再是小孩子,倒已成了许多小孩子的母亲,我们见到时,那真是有意思的事。任何一个作品上,以及任何一个世界名作作者的传记上,最动人的一章,总是那人与人纠纷藤葛的一章。许多诗是专为这点热情的指使而写出的,许多动人的诗,所写的就是这些事,我们能欣赏那些东西,为那些东西而感动,却照例轻视自己,以及别人因受自己所影响而发生传奇的行为,这个事好像不大公平。

因为这个理由,天将不许你长是小孩子。"自然"使苹果由青而黄,也一定使你在适当的时间里,转成一个"大人"。××,到你觉得你已经不是小孩子,愿意做大人时,我倒极希望知道你那时在什么地方做些什么事,有些什么感想。"萑苇"

是易折的,"磐石"是难动的,我的生命等于"萑苇",爱你的心希望它能如"磐石"。

望到北平高空明蓝的天,使人只想下跪,你给我的影响恰如这天空,距离得那么远,我日里望着,晚上做梦,总梦到生着翅膀,向上飞举。向上飞去,便看到许多星子,都成为你的眼睛了。

××,莫生我的气,许我在梦里,用嘴吻你的脚,我的自卑处,是觉得如一个奴隶蹲到地下用嘴接近你的脚,也近于十分亵渎了你的。

我念到我自己所写到"萑苇是易折的,磐石是难动的"时候,我很悲哀。易折的萑苇,一生中,每当一次风吹过时,皆低下头去,然而风过后,便又重新立起了。只有你使它永远折服,永远不再作立起的希望。

一九三一年六月写于北平

在　桃　源

三三：

　　我已到了桃源，车子很舒服。曾姓朋友送我到了地，我们便一同住在一个卖酒曲子的人家，且到河边去看船，见到一些船，选定了一只新的，言定十五块钱，晚上就要上船的。我现在还留在卖酒曲人家，看朋友同人说野话。我明天就可上行。我很放心，因为路上并无什么事情。很感谢那个朋友，一切得他照料，使这次旅行又方便又有趣。

　　我有点点不快乐处，便是路上恐怕太久了点。听船上人说至少得四天方可到辰州，也许还得九天方到家，这分日子未免使我发愁。我恐怕因此住在家中就少了些日子。但我又无办法把日子弄快一点。

/ 想念，往往不是刻意的 /

我路上不带书，可是有一套彩色蜡笔，故可以作不少好画。照片预备留在家乡给熟人照相，给苗老咪照相，不能在路上糟蹋，故路上我到这里还碰到一个老同学，这老同学还是我廿年前在一处读书的。

二哥
一九三四年一月十二日下午五时

在路上我看到个帖子很有趣：

> 立招字人钟汉福，家住白洋河文昌阁大松树下右边，今因走失贤媳一枚，年十三岁，名曰金翠，短脸大口，一齿凸出，去向不明。若有人寻找弄回者，赏光洋二元，大树为证，决不吃言。谨白。

三三：我一个字不改写下来给你瞧瞧，这人若多读些书，一定是个大作家。

今天只写两张

现在已九点钟,小船还不开动,大雪遮盖了一切,连接了天地。我刚吃过饭。我有点着急,但也明白空着急毫无益处。晚上又睡不好。从你离开后就简直不能得到一个夜晚的安睡。但并不妨事,精神可很好。七点左右我就起来看自己的书,校正了些错字,且反复检查了一会儿。《月下小景》不坏,用字顶得体,发展也好,铺叙也好。尤其是对话。人那么聪明!二十多岁写的。这文章的写成,同《龙朱》一样,全因为有你!写《龙朱》时因为要爱一个人,却无机会来爱,那作品中的女人便是我理想中的爱人。写《月下小景》时,你却在我身边了。前一篇男子聪明点,后一篇女子聪明点。我有了你,我相信这一生还会写得出许多更好的文章!有了爱,有了幸福,分给别

/ 想念，往往不是刻意的 /

人些爱与幸福，便自然而然会写得出好文章的。对于这些文章我不觉得骄傲，因为等于全是你的。没有你，也就没有这些文章了。而且是习作，时间还多呐。我今天想做点事，写两篇短论文，好在辰州时付邮。故只预备为你写两张信。我的小船已开动了，看情形，到家中至少得七天。我发现所带的信纸太少了，在路上就会完事，到家后不知用什么来写信。我忘了告你把信寄存到辰州邮局的办法了，若早记着这一种办法，则我船到辰州时，可看到你几封信，从家中回辰时，又可接到你一大批信了。多有你些信，我在路上也一定好过些。

我真希望你梦里来找寻我，沿河找那黄色小船！在一万只船中找那一只。好像路太远了点，梦也不来。我半夜总为怕人的梦惊醒，心神不安，不知吃什么就好些。我已买了一顶绒帽，同我两人在前门大街看到的一样，花去了四角钱。还不能得一双棉鞋，就因为桃源地方各处便买不出棉鞋。我也许到辰州便坐轿子回去，因为轿子到底快一些。坐轿人可苦一点，然而只要早到早回，苦点也不在乎了。天气太冷，空气也仿佛就要结冰的样子。乡村有鸡叫，鸡声也似乎寒冷得很。来得不凑巧，想不到南方的冷比北方还坏些。

又有了橹歌。简直是诗！在这些歌声中我的心皆发抖，它好像在为我唱的，为爱而唱的。事实上是为了劳动而自得其乐唱的。下水船摇橹不费事！

船坐久了心也转安静，但我还是受不了的。第一桨下去，我皆希望它去得远一点，每一篙撑去，我皆希望它走得快一点。但一切无办法。水太急了，天气又太冷。

今天小船还得上一个大滩，也许我就得上岸走路。这滩上照例有若干大船破碎不完的搁在浅水中，照例每天有船坏事。你可放心，这全是大船出的乱子，小船分量轻，面积小，还无资格搁在那地方的！并且上水从河边走，更无所谓危险，这信到你手边时，过三四天我一定又坐着这样小船在下滩了。那滩名"青浪滩"，问九九，九九知道。滩长廿五里，不到十分钟可以下完。至于上去，可就麻烦了，有时一整天。大船上去得一整天，小船则两三个钟头够了。天气好些，我当照个相，送给你领略一下，将来上行时有个分寸。四丫头一定不怕这种滩水，因为她的大相在旅行中还是笑眯眯的。

我的小船已上一小滩了，水吼得吓人，浪打船边舱板很重。我不怕，我不怕。有了你在我心上，我不拘做什么皆不吓怕了。你还料不到你给了我多少力气和多少勇气。同时你这个人也还不知道我如何爱你的。想到这里我有点小小不平。

/ 想念，往往不是刻意的 /

我今天恐不能为你作画了，我手冻得发麻，画画得出舱外风中去，更容易把手冻僵，故今天不拿铅笔。山同水越到上面也越好，同时也似乎因太奇太好，更不能画它了。你若见到了这里的山，你就会觉得崂山那些地方建筑房子太可笑了。也亏山东人好意思，把那些地方当成好风景，而且作为修仙学道的地方。真亏他们。你明年若可以离开北平了，我们两人无论如何上来一趟，到辰州家中住一阵，看看这里不称为风景的山水，好到什么样子。我还希望你有机会同我到凤凰住住，你看那些有声有色的苗人如何过日子！

三三，我的小船快走到妙不可言的地方了，名字叫"鸭窠围"，全河是大石头，水却平平的，深不可测。石头上全是细草，绿得如翠玉，上面盖了雪。船正在这左右是石头的河中行走。"小阜平冈"，我想起这四个字。这里的小阜平冈多着……

二哥

一九三四年一月十六日十点

夜泊鸭窠围

我小船停了,停到鸭窠围。中时候写信提到的"小阜平冈"应当名为"洞庭溪"。鸭窠围是个深潭,两山翠色逼人,恰如我写到翠翠的家乡。吊脚楼尤其使人惊讶,高矗两岸,真是奇迹,两山深翠,唯吊脚楼屋瓦为白色,河中长潭则湾泊木筏廿来个,颜色浅黄。地方有小羊叫,有妇女锐声喊"二老""小牛子",且听到远处有鞭炮声与小锣声,到这样地方,使人太感动了。四丫头若见到一次,一生也忘不了。你若见到一次,你饭也不想吃了。

我这时已吃过了晚饭,点了两支蜡烛给你写报告。我吃了太多的鱼肉。还不停泊时,我们买鱼,九角钱买了一尾重六斤十两的鱼,还是顶小的!样子同飞艇一样,煮了四分之一,我

/ 想念，往往不是刻意的 /

又吃四分之一的四分之一，已吃得饱饱的了。我生平还不曾吃过那么新鲜那么嫩的鱼，我并且第一次把鱼吃个饱。味道比鲥鱼还美，比豆腐还嫩，古怪的东西！我似乎吃得太多了点，还不知道怎么办。

可惜天气太冷了，船停泊时我总无法上岸去看看。我欢喜那些在半天上的楼房。这里木料不值钱，水涨落时距离又太大，故楼房无不离岸卅丈以上，从河边望上，使人神往之至。我还听到了唱小曲声音，我估计得出，那些声音同灯光所在处，不是木筏上的簰头在取乐，就是有副爷们船主在喝酒。妇人手上必定还戴得有镀金戒指。多动人的画图！提到这些时我是很忧郁的，因为我认识他们的哀乐，看他们也依然在那里把每个日子打发下去，我不知道怎么样总有点忧郁。正同读一篇描写西伯利亚方面农人的作品一样，看到那些文章，使人引起无言的哀戚。我如今不只看到这些人生活的表面，还用过去一分经验接触这种人的灵魂。真是可哀的事！我想我写到这些人生活的作品，还应当更多一些！我这次旅行，所得的很不少。从这次旅行上，我一定还可以写出很多动人的文章！

三三，木筏上火光真不可不看。这里河面已不很宽，加之两面山岸很高（比崂山高得远），夜又静了，说话皆可听到。羊还在叫。我不知怎么的,心这时特别柔和。我悲伤得很。远处狗又在叫了,且有人说"再来,过了年再来!"一定是在送客,一定是那些吊脚楼人家送水手下河。

风大得很,我手脚皆冷透了,我的心却很暖和。但我不明白什么原因,心里总柔软得很。我要傍近你,方不至于难过。我仿佛还是十多年前的我,孤孤单单,一身以外别无长物,搭坐一只装载军服的船只上行,对于自己前途毫无把握,我希望的只是一个四元一月的录事职务,但别人不让我有这种机会。我想看点书,身边无一本书。想上岸,又无一个钱。到了岸必须上岸去玩玩时,就只好穿了别人的军服,空手上岸去,看看街上一切,欣赏一下那些小街上的片糖,以及一个铜圆一大堆的花生。灯光下坐着眉毛扯得极细的妇人。

回船时,就糊糊涂涂在岸边烂泥里乱走,且沿了别人的船边"阳桥"渡过自己船上去,两脚全是泥。刚一落舱还不及脱鞋,就被船主大喊:"伙计副爷们,脱鞋呀。"到了船上后,无事可做,夜又太长,水手们爱玩牌的,皆蹲坐在舱板上小油灯下玩牌,便也镶拢去看他们。这就是我,这就是我!

三三,一个人一生最美丽的日子,十五岁到廿岁,便恰好全是在那么情形中过去了,你想想看,是怎么活下来的!万想

/ 想念，往往不是刻意的 /

不到的是，今天我又居然到这条河里，这样小船上，来回想温习一切的过去！更想不到的是，我今天却在这样小船上，想着远远的一个温和美丽的脸儿，且这个黑脸的人儿，在另一处又如何悬念着我！我的命运真太可玩味了。我问过了划船的，若顺风，明天我们可以到辰州了。我希望顺风。船若到得早，我就当晚在辰州把应做的事做完，后天就可以再坐船上行。我还得到辰州问问，是不是云六①已下了辰。若他在辰州，我上行也方便多了。

现在已八点半了，各处还可听到人说话，这河中好像热闹得很，我还听到远远的有鼓声，也许是人还愿。风很猛，船中也冰冷的。但一个人心中倘若有个爱人，心中暖得很，全身就冻得结冰也不碍事的！这风吹得厉害，明天恐要大雪。羊还在叫，我觉得稀奇，好好的一听，原来对河也有一只羊叫着，它们是相互应和叫着的。我还听到唱曲子的声音，一个年纪极轻的女子喉咙，使我感动得很。我极力想去听明白那个曲子，却始终听不明白。我懂许多曲子。想起这些人的哀乐，我有点忧郁。因这曲子我还记起了我独自到锦州，住在一个旅馆中的情

---

① 云六：沈从文的大哥沈云六。

形。在那旅馆中我听到一个女人唱大鼓书,给赶骡车的客人过夜,唱了半夜。我一个人便躺在一个大炕上听窗外唱曲子的声音,同别人笑语声。这也是二哥!那时节你大概在暨南读书,每天早上还得起床来做晨操!命运真使人惘然。爱我,因为只有你使我能够快乐!

二哥

我想睡了。希望你也睡得好。

一九三四年一月十六下八点五十

潭中夜渔

我只吃一碗饭,鱼又吃了不少。这时已七点四十,你们也应当吃过饭了。我们的短期分离,我应多受点折磨,方能补偿两人在一处过日子时,我对你疏忽的过失,也方能把两人同车时我看报的神气使你忘掉。我还正在各种过去事情上,找寻你的弱点与劣点,以为这样一来,也许我就可以少担负一份分离的痛苦。但出人意料的是我越找寻你坏处,就越觉得你对我的好处……

夜晚了,船已停泊,不必担心相片着水,我这时又把你同四丫头的相从箱中取出来了。我只想你们从相片上跳下来,我当真那么傻想……我应当多带些你们的相片来了。我还忘了带九九同你元和大姐的相片,若全带到箱子里,则我也许可以把些时间,同这些相片来讨论点事情,或说几个故事,或又模拟你们口吻,说点笑话……现在十天了我还无发笑机会。三三,四丫头近来吃饭被踢没有?应当为我每次踢她一脚。还有九妹,我希望她肯多问你些不认识的生字,不必说英文,便是中文她需要指点的方面也就很多。还有巴金,我从没为他写信,却希望你把我的路上一切,撮要告给他,并请他写点文章,为刊物登载。还有杨先生①,你也得告他我在路上的情形。我为了成日成夜给你这个三三写信,别的信皆不曾动手,也无动手机会,你为我各处说一声就得了。

现在已九点了,这地方太静,静得有些怕人。晚上风又大了些,也猛了些,希望它明天还能够如此吹一天,则到辰州必很早。我想最好我再过五天可到家……我一切信上皆不敢提及妈的病,我只担心她已很沉重,又担心她正已复原,却因我这短期回家、即刻分离增加她老人家的病痛。我心虚得很。三三,

---

① 杨先生:指杨振声,现代作家、教育家。当时负责组织沈从文等为华北中小学生编写教材和基本读物。

这十多天想来我已有很多信件了,我希望其中并无云六报告什么不吉消息。我还希望你们能把我各处来信看看,应复的你且为我一一复去。我这一走必忙坏了你……

三三,这河面静中有个好听的声音,是弄鱼人用一个大梆子、一堆火,搁在船头上,河中下了拦江钓,因此满河里去擂梆子,让梆声同火光把鱼惊起,慌乱地四窜便触了网。这梆声且轻重不同,故听来动人得很。这种弄鱼方法,你从书上是看不到的。还有用火照鱼,用鸡笼捕鱼,用草毒鱼种种方法,单看书,皆毫无叙述。

我小船泊的地方是潭里,因此静得很,但却有种声音恐怕将使我睡不着。船底下有浪拍打,叮叮当当地响。时间已九点四十分,我的确得睡了……

弄鱼的梆声响得古怪,在这样安静地方,却听到这种古怪声音,四丫头若听到,一定又惊又喜。这可以说是一首美丽的诗,也可以说是一种使人发迷着魔的符咒。因为在这种声音中,水里有多少鱼皆触了网,且同时一定也还有人因此联想到土匪来时种种空气的。

三三,凡是在这条河里的一切,无一不是这样把恐怖、新奇同美丽糅合而成的调子！想领略这种美丽，也应得出一分代价。我出的代价似乎太多了点……我不放下这支笔，实在是我一点自私处。我想再同你说一会儿。在这样一叶扁舟中，来为三三写信，也是不可多得的！我想写个整晚，梦是无凭据的东西，反而不如就这样好！

…………

二哥

一九三四年一月十七日下十时一刻

船泊杨家岨

历史是一条河

我小船已把主要滩水全上完了,这时已到了一个如同一面镜子的潭里。山水秀丽如西湖,日头已出,两岸小山皆浅绿色。到辰州只差十里,故今天到地必很早。我照个相,为一群拉纤人照的。现在太阳正照到我的小船舱中,光景明媚,正同你有些相似处。我因为在外边站久了一点,手已发了木,故写字也不成了。我一定得戴那双手套的,可是这同写信恰好是鱼同熊掌,不能同时得到。我不要熊掌,还是做近于吃鱼的写信吧。这信再过三四点钟就可发出,我高兴得很。记得从前为你寄快信时,那时心情真有说不出的紧处,可怜的事,这已成为过去了。现在我不怕你从我这种信中挑眼儿了,我需要你从这些无头无绪的信上,找出些我不必说的话……

我已快到地了，假若这时节是我们两个人，一同上岸去，一同进街且一同去找人，那多有趣味！我一到地见到了有点亲戚关系的人，他们第一句话，必问及你！我真想凡是有人问到你，就答复他们"在口袋里"！

三三，我因为天气太好了一点，故站在船后舱看了许久水，我心中忽然好像彻悟了一些，同时又好像从这条河中得到了许多智慧。三三，的的确确，得到了许多智慧，不是知识。我轻轻地叹息了好些次。山头夕阳极感动我，水底各色圆石也极感动我，我心中似乎毫无什么渣滓，透明烛照，对河水，对夕阳，对拉船人同船，皆那么爱着，十分温暖地爱着！我们平时不是读历史吗？一本历史书除了告诉我们些另一时代最笨的人相斫相杀以外有些什么？但真的历史却是一条河。从那日夜长流、千古不变的水里，石头和沙子，腐了的草木，破烂的船板，使我触着平时我们所疏忽了若干年代若干人类的哀乐！我看到小小渔船，载了它的黑色鸬鹚向下流缓缓划去，看到石滩上拉船人的姿势，我皆异常感动且异常爱他们。我先前一时不还提到过这些人可怜的生，无所为的生吗？

不，三三，我错了。这些人不需我们来可怜，我们应当来尊敬，来爱。他们那么庄严忠实的生，却在自然上各担负自己

/ 想念，往往不是刻意的 /

那份命运，为自己、为儿女而活下去。不管怎么样活，却从不逃避为了活而应有的一切努力。他们在他们那份习惯生活里、命运里，也依然是哭、笑、吃、喝，对于寒暑的来临，更感觉到这四时交递的严重。三三，我不知为什么，我感动得很！我希望活得长一点，同时把生活完全发展到我自己这份工作上来。我会用我自己的力量，为所谓人生，解释得比任何人皆庄严些与透入些！

三三，我看久了水，从水里的石头得到一点平时好像不能得到的东西，对于人生，对于爱憎，仿佛全然与人不同了。我觉得惆怅得很，我总像看得太深太远，对于我自己，便成为受难者了。这时节我软弱得很，因为我爱了世界，爱了人类。三三，倘若我们这时正是两人同在一处，你瞧我眼睛湿到什么样子！三三，船已到了关上了，我半点钟就会上岸的。今晚上我恐怕无时间写信了，我们当说声再见！三三，请把这信用你那体面温和的眼睛多吻几次！我明天若上行，会把信留到浦市发出的。

这里全是船了！

二哥

一九三四年一月十八下午四点半

虎雏印象

这时已下午两点，船只上小滩，在一条平衍河里走去，河面放宽一些，两岸山已不高，太阳甚好，照在这张纸上眩我眼睛！我很舒服。我的手已不再发肿，我的脚也不觉得怎样冷了。我听了那虎雏说了半天关于他生活过去的故事。这副爷现在还不到廿三岁，七八岁时就打死了人，独自跑出外边，做过割草人，做过土匪，做过采茶人，做过兵。他当了七年的兵，明白的事情比一个教授多多了。他打架喝酒的事情，不知有过多少次，但人却能干可爱之至。他跟了我三弟三四年，一切事皆可交给他，这真是个怪而了不起的人。他说到许多打小仗吃苦受罚的事情，皆正是任何一本书还不曾提到过的事情。他那份渊博处，以及因见多识广，对于自己观念打算铺叙的才干，

/ 想念，往往不是刻意的 /

使我不能不佩服他。我不是说这次旅行一定可以学许多吗？别的不提，单在这样一个人方面，给我有用的知识与智慧已够多了。

这时阳光真好。

我们本乡那方面，大哥也在昨晚上就拍发了一个无线电报回去了，家中得到这个电报后，他们不知如何快乐！这次谁也不想到我会回来的，故辰州方面许多老朋友皆十分惊异。到了家中那天，本乡人见着了我，一定更其惊奇！离家太久真不好，一切皆生疏得很，同做客一样，我说话也似乎很困难的。

我的船昨天停泊的地方就是我十五年前在辰州看柏子停船的地方，我本想照个相已赶不及，回来时一定可把我自己照成柏子一样的。

天气太好我就有点惆怅，今天的河水已极清浅，河床中大小不一的石子，历历可数，如棋子一般，较大石头上必有浅绿色蓝丝，在水中漂荡，摇曳生姿。这宽而平平的河床，以及河中东西，皆明丽不凡。两岸山树如画图，秀而有致。船在这样一条河中行走，同舱中缺少一个你，觉得太不合理了。

我想我也得睡睡才好，我昨天只睡三个钟头……

人家都说我胖了些，这话从他们口中说出我不甚相信，但从他们本人肥瘦上看来，我却十分相信。我昨天见到五个熟人，其中就只有一个天生胖子，其胖如昔，其余诸人，全似乎还不如我的。这里人说话皆大声叫喊，吃东西随便把花生、橘子皮壳撒满一地，客人在家中不作兴脱帽，很有趣味。

二哥

一九三四年一月十九日下三时

张兆和致沈从文之一

二哥：

　　乍醒时，天才蒙蒙亮，猛然想着你，猛然想着你，心便跳跃不止。我什么都能放心，就只不放心路上不平静，就只担心这个。因为你说的，那条道不容易走。我变得有些老太婆的迂气了，自打你决定回湘后，就总是不安，这不安在你走后似更甚。不会的，张大姐说，沈先生人好心好，一路有菩萨保佑，一定是风调雨顺一路平安到家的。不得已，也只得拿这些话来自宽自慰。虽是这么说，你一天不回来，我一天就不放心。一个月不回来，一个月中每朝醒来时，总免不了要心跳。还怪人担心吗？想想看，多远的路程，多久的隔离啊。

　　你一定早到家了。希望在你见到此信时，这里也早已得到你报告平安的电信。妈妈见了你，心里一快乐，病一定也就好了。不知道你是不是照到我们在家里说好的，为我们向妈妈同大哥特别问好。

昨天回来时，在车子上，四妹老拿膀子拐我。她惹我，说我会哭的，同九妹拿我开玩笑。我因为心里难受，一直没有理她们。今天我起得很早。精神也好，因为想着是替你做事，我要好好地做。我在给你写信，四妹伸头缩脑的。九妹问我要不要吃栗鸡子，我笑死了。

路上是不是很苦？这条路我从未走过，想象不到是什么情形，总是辛苦就是了。

我希望下午能得到你信。

兆和

一九三四年一月八日晨

张兆和致沈从文之二

从文二哥：

只在于一句话的差别，情形就全不同了。三四个月来，我从不这个时候起来，从不不梳头、不洗脸，就拿起笔来写信的。只是一个人躺到床上，想到那为火车载着愈走愈远的一个，在暗淡的灯光下，红色毛毯中露出一个白白的脸。为了那张仿佛很近实在又极远的白脸，一时无法把捉得到，心里空虚得很！

因此，每一丝声息，每一个墙外夜行人的步履声音，敲打在心上都发生了绝大的反响，又沉闷，又空洞。因此，我就起来了。我计算着，今晚到汉口，明天到长沙，自明天起，我应该加倍担着心,一直到得到你平安到家的信息为止。听你们说起这条道路之难行,不下于难于上青天的蜀道,有时想起来,又悔不应敦促你上路了。倘若当真路途中遇到什么困难,吃多少苦,受好些罪,那罪过,二哥,全数由我来承担吧。

但只想想,你一到家,一家人为你兴奋着,暮年的病母能为你开怀一笑,古老城池的沉静空气也一定为你活泼起来,这么样,即或往返受二十六个日子的辛苦,也仍然是值得的。再说,再说这边的两只眼睛、一颗心,在如何一种焦急与期待中把白日同黑夜送走,忽然有一天,有那么一天,一个瘦小的身子挨进门来,那种欢喜,唉,那种欢喜,你叫我怎么说呢?总之,一切都是废话,让两边的人耐心地等待着,让时间把那个值得庆祝的日子带来吧。

现在,现在要轮到你来告诉我一些到家后的情形了。家里是怎么样欢迎你来着?老人家的精神是不是还好?你那大哥,是不是正如你所说的,卷起两只袖口,拿一把油油的锅铲忙出忙进?大哥大嫂三哥三嫂你记着替我同九妹致意没有?尤其是大嫂,代替大家服侍了妈十几年,对她你应该致最大的尊敬。嫂嫂们,你记着,别太累她们。你到家见妈时,记着把那件脏

/ 想念,往往不是刻意的 /

得同抹布样子的袍子换下来,穿一件干净的么①?你应当时时注意妈妈房里空气的流通,谈话时,探听点老人家想吃点外面的什么东西,将来好寄。真的,有好些事我都忘了叮嘱你,直至走后才一件一件想起来,已来不及了……还有,到家后少出门,即或出门也以少发议论为妙。苗乡你是不暇去的了。听说你那个城子,要不了一会儿能可以走遍,你是不是也看过一道?一切与十五年前有什么不同?

三三

一九三四年一月九日侵晨

---

① 么:旧同"吗",用在句末表示疑问或反问。

张兆和致沈从文之三

亲爱的二哥：

你走了两天，便像过了许多日子似的。天气不好。你走后，大风也刮起来了，像是欺负人，发了狂似的到处粗暴地吼。这时候，夜间十点钟，听着树枝干间的怪声，想到你也许正下车，也许正过江，也许正紧随着一挑行李的脚夫，默默地走那必须走的三里路。

长沙的风是不是也会这么不怜悯地吼，把我二哥的身子吹成一块冰？为这风，我很发愁，就因为自己这时坐在温暖的屋子里，有了风，还把心吹得冰冷。我不知道二哥是怎么支持的。我告诉你我很发愁，那一点不假，白日里，因为念着你，我用心用意地看了一堆稿子。到晚来，刮了这鬼风，就什么也做不下去了。有时想着十天以后，十天以后你到了家，想象着

/ 想念，往往不是刻意的 /

一家人的欢乐，也像沾了一些温暖，但那已是十天以后的事了，目前的十个日子真难挨！这样想来，不预先打电回家，倒是顶好的办法了。

路那么长，交通那么不便，写一个信也要十天半月才得到，写信时同收信时的情形早不同了。比如说，你接到这信的时候，一定早到家了，也许正同哥哥弟弟在屋檐下晒太阳，也许正陪妈坐在房里，多半是陪着妈。房里有一盆红红的炭火，且照例老人家的炉火边正煨着一罐桂圆红枣，发出温甜的香味。你同妈说着白话，说东说西，有时还伸手摸摸妈衣服是不是穿得太薄。忽然，你三弟走进房来，送给你这个信。接到信，无疑地，你会快乐，但拆开信一看，愁呀冷呀的那么一大套，不是全然同你们的调子不谐和了吗？我很想写："二哥，我快乐极了，同九丫头跳呀蹦呀的闹了半天，因为算着你今天准可到家，晚上我们各人吃了三碗饭。"使你们更快乐。但那个信留到十天以后再写吧，你接到此信时，只想到我们当你看信时也正为你们高兴，就行了。

希望一家人快乐康健！

三三

一九三四年一月九日晚

第 2 章

山河未必静好，人事依旧从容

人的生命会忽然泯灭，而纯挚无私的友情却长远坚固永在，且无疑能持久延续，能发展扩大。

昆 明 冬 景

　　新居移上了高处,名叫北门坡,从小晒台上可望见北门门楼上用虞世南体写的"望京楼"的匾额。上面常有武装同志向下望,过路人马多,可减去不少寂寞。住屋前面是个大敞坪,敞坪一角有杂树一林。尤加利树瘦而长,翠色带银的叶子,在微风中荡摇,如一面一面丝绸旗帜,被某种力量裹成一束,想展开,无形中受着某种束缚,无从展开。一拍手,就常常可见圆头长尾的松鼠,在树枝间惊窜跳跃。这些小生物又如把本身当成一个球,在空中抛来抛去,俨然在这种抛掷中,能够得到一种快乐,一种从行为中证实生命存在的快乐。且间或稍微休息一下,四处顾望,看看它这种行为能不能够引起其他生物的注意。或许会发现,原来一切生物都各有它的心事。那个在晒台上拍手的人,眼光已离开尤加利树,向天空凝眸了。天空一片明蓝，别无他物。这也就是生物中之一种，"人"，多数人中一种人，目前对于生命存在的意义，他的想象或情感，正在不可见的一种树枝间攀援①跳跃，同样略带一点惊惶，一点不安，在时间上转移，由彼到此，始终不息。他是三月前由沅陵独自坐了二十四天的公路汽车，来到昆明的。

敞坪中妇人、孩子虽多，对这件事却似乎都把它看得十分平常，从不曾有谁将头抬起来看看。昆明地方到处是松鼠。许多人对于这小小生物的知识，不过是把它捉来卖给"上海人"，值"中央票子"两毛钱到一块钱罢了。站在晒台上的那个人，就正是被本地人称为"上海人"，花用中央票子，来昆明租房子住、工作、过日子的。住到这里来近于凑巧，因为凑巧反而不会令人觉得稀奇了。妇人多受雇于附近一个小小织袜厂，终日在敞坪中摇纺车、纺棉纱。孩子们无所事事，便在敞坪中追逐吵闹，拾捡碎瓦、小石子打狗玩。敞坪四面是路，时常有无家狗在树林中垃圾堆边寻东觅西，鼻子贴地各处闻嗅，一见孩子们蹲下，知道情形不妙，就极敏捷的向坪角一端逃跑。有时只露出一个头来，两眼很温和地对孩子们看着，意思像是要说：

---

① 攀援：现在写作"攀缘"。

/ 想念，往往不是刻意的 /

"你玩你的，我玩我的，不成吗？"有时也成。那就是一个卖牛羊肉的，扛了个木架子，带着官秤、方形的斧头、雪亮的牛耳尖刀，来到敞坪中，搁下架子找寻主顾时。妇女们多放下工作，来到肉架边讨价还钱。孩子们的兴趣转移了方向，几只野狗便公然到敞坪中来。先是坐在敞坪一角便于逃跑的地方，远远地看热闹。其次是在一种试探形式中，慢慢地走近人丛中来。直到忘形挨近了肉架边，被那羊屠户见着，扬起长把手斧，大吼一声"畜生，走开！"方肯略略走开，站在人圈子外边，用一种非常诚恳、非常热情的态度，略微偏着颈，欣赏肉架上的前腿后腿，以及后腿末端那条带毛小羊尾巴和搭在架旁那些花油。意思像是觉得不拘什么地方都很好，都无话可说，因此它不说话。它在等待，无望无助地等待。照例妇人们在集群中向羊屠户连嚷带笑，加上各种"神明在上，报应分明"的誓语，这一个证明实在赔了本，那一个证明买了它家用的秤并不大，好好歹歹做成了交易，过了秤，数了钱，得钱的走路，得肉的进屋里去，把肉挂在悬空钩子上。孩子们也随同进到屋里去时，这些狗方趁空走近，把鼻子贴在先前一会儿搁肉架的地面闻嗅闻嗅。或得到点骨肉碎渣，一口咬住，就忙匆匆向敞坪空处跑去，或向尤加利树下跑去。树上正有松鼠剥果子吃，果子掉落地上。"上海人"走过来拾起嗅嗅,有"万金油"气味,微辛而芳馥。

早上六点钟,阳光在尤加利树高处枝叶间敷上一层银灰光泽。空气寒冷而清爽。敞坪中很静,无一个人,无一只狗。几个竹制纺车瘦骨伶精地搁在一间小板屋旁边。站在晒台上望着这些简陋古老工具,感觉"生命"形式的多方。敞坪中虽空空的,却有些声音仿佛从敞坪中来,在他耳边响着。

"骨头太多了,不要这个腿上大骨头。"

"嫂子,没有骨头怎么走路?"

"曲蟮①有不有骨头?"

"你吃曲蟮?"

"哎哟,菩萨。"

"菩萨是泥的木的,不是骨头做成的。"

"你毁佛骂佛,死后入三十三层地狱,磨石碾你,大火烧你,饿鬼咬你。"

"活下来做屠户,杀羊杀猪,给你们善男信女吃,做赔本生意,死后我会坐在莲花上,直往上飞,飞到西天一个池塘里洗

---

① 曲蟮:蚯蚓的通称,也作"蛐蟮"。

个大澡，把一身罪过一身羊臊血腥气洗得干干净净！"

"西天是你们屠户去的？做梦！"

"好，我不去让你们去。我们做屠户的都不去了，怕你们到那地方肉吃不成！你们都不吃肉，吃长斋，将来西天住不下，急坏了佛爷，还会骂我们做屠户的不会做生意。一辈子做赔本生意，不光落得人的骂名，还落个佛的骂名。肉你不要我拿走。"

"你拿走好！肉臭了看你喂狗吃。"

"臭了我就喂狗吃，不很臭，我把人吃。红焖好了请人吃，还另加三碗包谷①烧酒，怕不有人叫我做伯伯、舅舅、干老子。许我每天念《莲华经》一千遍，等我死后坐朵方桌大金莲花到西天去！"

"送你到地狱里去，投胎变一只蛤蟆，日夜呱呱呱呱叫。"

"我不上西天，不入地狱。忠贤区区长告我说，姓曾的，你不用卖肉了吧，你住忠贤区第八保，昨天抽壮丁抽中了你，不用说什么，到湖南打仗去。你个子长，穿上军服排队走在最前头，多威武！我说好，什么时候要我去，我就去。我怕无常鬼，日本鬼子我不怕。派定了我，要我姓曾的去，我一定去。"

---

① 包谷：现在写作"苞谷"。

"××××××××"

"我去打仗,保卫武汉三镇。我会打枪,我亲哥子是机关枪队长!他肩章上有三颗星,三道银边!我一去就要当班长,打个胜仗,我就升排长。打到北平去,赶一群绵羊回云南来做生意,真正做一趟赔本生意!"

接着便又是这个羊屠户和几个妇人各种赌咒的话语。坪中一切寂静。远处什么地方有军队集合、下操场的喇叭声音,在润湿空气中振荡。静中有动。他心想:"武汉已陷落三个月了。"

屋上首一个人家白粉墙刚刚刷好,第二天,就不知被谁某一个克尽厥职的公务员看上了,印上十二个方字。费很多想象把意思弄清楚了。只中间一句话不大明白,"培养卫生"。这好像是多了两个字或错了两个字。这是小事。然而小事若弄得使人糊涂,不好办理,大处自然更难说了。

一会儿,戴着小小铜项铃的瘦马,驮着粪桶过去了。

一个猴子似瘦脸嘴人物,从某个人家小小黑门边探出头来,喊"娃娃,娃娃",娃娃不回声。他自言自语说道:"你哪里去了?吃屎去了?"娃娃年纪已经八岁,上了学校,可是学校因疏散下了乡,无学校可上,只好终日在敞坪煤堆上玩。"煤是哪里来的?""地下挖来的。""做什么用?""可以烧

/ 想念,往往不是刻意的 /

火。"娃娃知道的同一些专家知道的相差并不很远。那个"上海人"心想:"你这孩子,将来若可以升学,无妨入矿冶系。因为你已经知道煤炭的出处和用途。好些人就因那么一点知识,被人称为专家,活得很有意义!"

娃娃的父亲,在儿子未来发展上,却老做梦,以为长大了应当作设治局①局长、督办。照本地规矩,当这些差事很容易发财。发了财,买下对门某家那栋房子。"上海人"越来越多,租房子肯出大价钱,押租又多。放三分利,利上加利,三年一个转。想象因之丰富异常。

做这种天真无邪好梦的人恐怕正多着。这恰好是一个地方安定与繁荣的基础。

提起这个会令人觉得痛苦,是不是?不提也好。

因为你若爱上了一片蓝天、一片土地和一群忠厚老实人,你一定将不由自主地嚷:"这不成!这不成!天不辜负你们这群人,你们不应当自弃,不应当!得好好地来想办法!你们应当得到的还要多,能够得到的还要多!"

---

① 设治局:清末至民国时期的官署名。凡是某一个地方预备成立新的县政府之前,可预先成立设治局。

于是必有人问："先生，你这是什么意思？在骂谁？教训谁？想煽动谁？用意何在？"

问得你莫名其妙，不特对于他的意思不明白，便是你自己本来意思，也会弄糊涂的。话不接头，两无是处。你爱"人类"，他怕"变动"；你"热心"，他"多心"。

"美"字笔画并不多，可是似乎很不容易认识。"爱"字虽人人认识，可是真懂得它的意义的人却很少。

一九三九年二月

云 南 看 云

　　云南因云而得名，可是外省人到了云南一年半载后，一定会和本地人差不多，对于云南的云，除却只能从变化上得到一点晴雨知识，就再也不会单纯地来欣赏它的美丽了。看过卢锡麟先生的摄影后，必有许多人方俨然重新觉醒，明白自己是生在云南，或住在云南。云南特点之一，就是天上的云变化得出奇。尤其是傍晚时候，云的颜色，云的形状，云的风度，实在动人。

　　战争给许多人一种有关生活的教育，走了许多路，过了许多桥，睡了许多床，此外还必然吃了许多想象不到的小苦头。然而真正具有教育意义的，说不定倒是明白许多地方各有各的天气，天气不同还多少影响到一点人事。云有云的地方性：中国北部的云厚重，人也同样那么厚重；南部的云活泼，人也同样那么活泼；海边的云幻异，渤海和南海云各不相同，正如两处海边的人性情不同；河南的云一片黄，抓一把下来似乎就可以做窝窝头，云粗中有细，人亦粗中有细；湖湘的云一片灰，长年挂在天空一片灰，无性格可言，然而橘子、辣子就在这种地方大量产生，在这种天气下成熟，反而给湖南人增加了生命的发展和进取精神；四川的云与湖南的云虽相似而不尽相同，巫峡峨眉高峰把云分割又加浓，云有了生命，人也有了生命。

论色彩丰富，青岛海面的云应当首屈一指。有时五色相煊，千变万化，天空如展开一张锦毯。有时素净纯洁，天空只见一片绿玉，别无他物，看来令人起轻快感、温柔感、音乐感、情欲感。一年中有大半年天空完全是一幅神奇的图画，有青春的嘘唏，煽起人狂想和梦想，海市蜃楼即在这种天空显现。海市蜃楼虽并不常在人眼底，却永远在人心中。秦皇汉武的事业，同样结束在一个长生不死、青春常在的美梦里，不是毫无道理的。云南的云给人印象大不相同，它的特点是素朴，影响到人性情也应当是挚厚而单纯。

云南的云似乎是用西藏高山的冰雪和南海长年的热风，两种原料经过一种神奇的手续完成的。色调出奇的单纯。唯其单纯反而见出伟大。尤以天时晴明的黄昏前后，光景异常动人。完全是水墨画，笔调超脱而大胆。天上一角有时黑得如一片漆，它的颜色虽然异样黑，给人感觉竟十分轻。在任何地

/ 想念，往往不是刻意的 /

方"乌云蔽天"照例是个沉重可怕的象征，唯有云南傍晚的黑云，越黑反而越不碍事，且表示第二天天气必然顶好。几年前中国古物运到伦敦展览时，有一个赵松雪作的卷子，名《秋江叠嶂》，净白如玉的澄心堂纸上用浓墨重重涂抹，给人印象却十分美秀。云南的云也恰恰如此，看来只觉得黑而秀。

可是我们若在黄昏前后，到城郊外一个小丘上去，或坐船在滇池中，看到这种云彩时，低下头来一定会轻轻地叹一口气。具体一点将发生"大好河山"感想，抽象一点将发生"逝者如斯"感想。心中一定觉得有些痛苦，为一片悬在天空中的沉静黑云痛苦。因为这东西给了我们一种无言之教，比目前政治家的文章，宣传家的讲演，杂感家的讽刺文，都高明得多，深刻得多，同时还美丽得多。觉得痛苦的原因或许也就在此。那么好看的云，教育了在这一片天底下讨生活的人，究竟是些什么？是一种精深博大的人生理想？还是一种单纯美丽的诗的感情？若把它与地面所见、所闻、所有两相对照，实在使人不能不痛苦！

在这美丽天空下，人事方面，我们每天所能看到的，除了空洞的论文，不通的演讲，小巧的杂感，此外似乎到处就只碰到法币[①]。商人和银行办事人直接为法币而忙。教授、学生也间

[①] 法币：中国于1935年11月4日至1948年8月19日流通货币的名称。此文写作时间为1940年，当时法币正流通。

接为法币而忙。最可悲的现象，实无过于大学校的商学院，每到注册上课时，照例人数必最多。这些人其所以习经济、习会计，都可说对于生命毫无高尚理想可言，目的只在毕业后入银行做事。"熙熙攘攘，皆为利往，挤挤挨挨，皆为利来，利之所在，群集若蛆。"社会研究所的专家，机会一来即向银行跑。习图书馆的，弄考古的，学外国文学的，因为亲戚、朋友、同乡……种种机会，又都挤进银行或相近金融机关做办事员。大部分优秀脑子，都给真正的法币和抽象的法币弄得昏昏的，失去了应有的灵敏与弹性，以及对于"生命"较高的认识。其余无知识的脑子，成天打算些什么，也就可想而知了。云南的云即或再美丽一点，对于多数人还似乎毫无意义可言的。

近两个月来，本市在连续的警报中，城中二十万市民，无一不早早地就跑到郊外去，向天空把一个颈脖昂酸，无一人不看到过几片天空飘动的浮云，仰望结果，不过增加了许多人对于财富得失的忧心罢了。"我的越币下落了""我的汽油上涨了""我的事业这一年发了五十万财""我从公家赚了八万三"，这还是就仅有十几个熟人中说说的。此外说不定还有个把教授之流，终日除玩牌外无其他娱乐，会想到前一晚上玩麻雀牌输赢事情，聊以解嘲似的自言自语："我输牌不输理。"这种教授

/ 想念，往往不是刻意的 /

先生当然是不输理的，在警报解除以后，还不妨跑到老同学住处去，再玩个八圈，证明一下输的究竟是什么。一个人若乐意在地下爬，以为是活下来最好的姿势，他人劝说站起来走，或更盼望他挺起背梁来做个人，当然是不会有什么结果的。

就在这么一个社会一种情形中，卢先生却来展览他在云南的照相，告给我们云南法币以外还有些什么。即以天空的云彩言，色彩单纯的云有多健美，多飘逸，多温柔，多崇高！观众人数多，批评好，正说明只要有人会看云，就从云影中取得一种诗的感兴和热情，还可望将这种尊贵的感情，转给另外一种人。换言之，就是云南的云即或不能直接教育人，还可望由一个艺术家的心与手，间接来教育人。卢先生照相的兴趣，似乎就在介绍这种美丽感印给多数人，所以作品中对于云物的题材，处理得特别好。每一幅云都有一种不同的性情，流动的美。不纤巧，不做作，不过分修饰，一任自然，心手相印，表现得素朴而亲切。作品成功是必然的。可是得到"赞美"不是艺术家最终的目的，应当还有一点更深的意义。我意思是如果一种可怕的实际主义，正在这个社会各组织、各阶层间普遍流行，腐蚀我们多数人做人的良心、做人的理想，且在同时把每一个人都有形无形市侩化。社会中优秀分子一部分，所梦想，所希望，也都只是糊口混日子了事，毫无一种较高的情感，更缺少用这情感去追求一个美丽而伟大的道德原则的勇气时，我们这个民族应当怎么办？若大学生读书目的，不是站在柜台边做行员，就是坐在公事房做办事员，脑子都不用，都不想，只要有一碗饭吃就算有了出路。甚至于做政论的，做讲演的，写不高明讽刺文的，习理工的，玩玩文学充文化人的，办党的，信教的……出路也都是只顾眼前。大众眼前固然都有了出路，这个国家的明天，是不是还有希望可言？我们如真能够像卢先生那么静观默会天空的云彩，云物的美丽，也许会慢慢地陶冶我们，启发我们，改造我们，使我们习惯于向远景凝眸，不敢堕落，不甘心堕落。我以为这才像是一个艺术家最后的目的。正因为这个民族是在求发展，求生存，战争已经三年。战争虽败北，不气馁，虽死亡万千人民，牺牲无数财富，仍不以为意，就为的是这战争背后还有个庄严伟大的理想，使我们对于忧患之来，在任何情形下都能忍受。我们其所以能忍受，不特是我们要发展，要生存，还要为后来者设想，使他们活在这片土地上，更好一点，更像人一点！我们责任那么严重而且又那么困难，所以不特多数知识分子必然要有一个较坚朴的人生观，拉之向上，推之向前，就是做生意的，也少不了需要那么

053

/ 想念，往往不是刻意的 /

一份知识，方能够把企业的发展与国家的发展，放在同一目标上，分道并进，异途同归！

举一个浅近的例来说说：我们的眼光注意到"出路""赚钱"以外，若还能够估量到在滇越铁路的另一端，正有多少鬼蜮成性、阴险狡诈的木屐儿，圆睁两只鼠眼，安排种种巧计阴谋，在武力与武器无作用地点，预备把劣货倾销到昆明来，且把推销劣货的责任，派给昆明市的大小商家时，就知道学习注意远处，实在是目前一件如何重要的事情！照相必选择地点，取准角度，方可望有较好成就。做人何尝不是一样。明分际，识大体，"有所不为"，敌人虽花样再多，劣货在有经验商家的眼中，总依然看得出。取舍之间是极容易的。若只图发财，见利忘义，"无所不为"，日本货变成国货，改头换面，不过是反手间事！劣货推销仅仅是若干有形事件中之一种。此外各层知识阶级中不争气处，所作所为，实有更甚于此者。

所以我觉得卢先生的摄影，不仅仅是给人看看，还应当给人深思。

一九四〇年作于昆明

怀 昆 明

因为战争，寄寓云南不知不觉就过了九年。初到昆明时，事有凑巧，住处即在五省联帅唐蓂赓①住宅对面，湖南军人蔡松坡②先生住过的一所小房子中。斑驳陆离的瓷砖上，有"宣统二年"建造字样。老式的一楼一底，楼梯已霉腐不堪，走动时便轧轧作声，如打量向每个登楼者有所申诉。大大的砖拱曲尺形长廊，早已倾斜，房东刘先生便因陋就简，在拱廊下加上几个砖柱。院子是个小小土坪，点缀有三人方能合抱的大尤加

---

① 唐蓂赓：即唐继尧（1883—1927），滇系军阀首领，参与了重九起义、护国运动等。
② 蔡松坡：即蔡锷（1882—1916），湖南邵阳人。1915年在云南组织护国军，发动反对袁世凯的起义。

/ 想念，往往不是刻意的 /

利树两株，二十丈高摇摇树身，细小叶片在微风中绿浪翻银，使人想起树下默不言功的将军冯异①和不忍剪伐的召伯甘棠②。瓦檐梁柱和树枝高处，长日可看见松鼠三三五五追逐游戏，院中闲静萧条亦可想象。这房屋的简陋情况，和路东那座美轮美奂以花木亭园著名西南各省的唐公馆，恰作成一奇异的对比。若有人注意到这个对比，温习过去历史时，真不免感慨系之！原来这两所房子都和推翻帝制有关系。战事发生不久，唐公馆则已成为老米③的领事馆，我住的一所，自然更少有人知道注意了。

"护国"已成一个历史名词，"反对帝制"努力也由时间冲淡，年轻人须从教科书中所加的注解，方能明白这些名词所包含的意义了。可是我住昆明九年，不拘走到什么地方去，不拘碰到的是县长、委员还是赶马老汉，寒暄请教时，从对面那一位语言神气间，却总看得出一点相同意思，"喔，你家湖南，湖南人够朋友！蔡锷、朱湘溪，都是这个。"于是跷起大拇指，像

---

① 冯异：东汉开国名将、军事家。
② 召伯甘棠：周代召伯南巡时，曾在甘棠树下休息，人们因此相诫不要伤害这树，并称之为"召棠"。
③ 老米：即老美（国）。

\ 山河未必静好，人事依旧从容 \

是大勋章，这种包含信托、尊重以及一点儿爱好的表示，是极容易令人感觉到的。表示中正反映本地人对松坡先生"够朋友"的深刻良好印象。松坡先生虽死去了三十年，国人也快把他忘掉了，他的素朴风度宽和伟大人格，还好好留在云南。寄寓云南的湖南军人极多，对这种事不知做何感想。至于我呢，实异常受刺激。明白个人取予和桑梓毁誉影响永远不可分。在民族性比较上，湖南人多长于各自为战，而不易黏附团结，然而个人成就终究有种超乎个人的影响牵连存在，且通过长长的岁月，还好好存在。松坡先生在云南的建树，是值得吾人怀念，更值得湖南军人取法的。

湖南人够朋友，当然不止松坡先生。谈革命，首先还应数及老战士黄克强[①]先生。"湖南人够朋友"这句话，就是三十五年以前孙中山先生对克强先生说的。凡熟习中国革命史的学人，都必然明白革命初期所遭遇的挫折。克服种种困难，把帝制推翻，湖南人对革命的忠诚，热忱，勇敢，负责，始终其事，实大有关系。而这点够朋友处，最先即见于中山先生和黄

---

① 黄克强：即黄兴（1874—1916），原名轸，后改名兴，字克强，一字廑午，号庆午、竞武，曾用名李有庆、张守正、冈本、今村长藏。辛亥革命时期的先驱和领袖、中国近代民主革命家。

057

/ 想念，往往不是刻意的 /

克强先生的友谊上，其次复见于唐蓂赓先生和松坡先生的关系上，再其次还见于北伐时代年轻军人行为上，直到八年抗战①，卫国守土，更得到充分表现机会。记得民国②二十年以前，在上海见蒋百里③先生时，因为谈起湖南的兵，他就说了个关于兵的故事。他说，德国有个文化史学者，讨论民族精神时，曾把日本人加以分析，认为强韧坚实足与中国的湖广人相比，热忱明朗还不如。日本想侵略中国，必须特别谨慎小心。中国军事防线，南北两方面都极脆弱，加压力即容易摧毁。但近于天然的心理防线，头一道是山东、河南的忠厚朴质，不易克服，次一道是湖南、广东的热情僵持，更难处理。这个形容实伤害了日本人不可一世的骄傲自大心，便为文驳问那德国学者，何所见而云然？那德国人极有风趣，只引了两句历史上的成语作

---

① 八年抗战：指中国的抗日战争，当时普遍以1937年"七七事变"中日战争全面爆发，至1945年8月15日日本天皇宣布无条件投降的时间来计算抗日战争所历时长。2017年以后，中国将抗日战争的起始时间定为1931年"九一八事变"的爆发，共十四年。

② 民国：1911年辛亥革命爆发后不久，革命党在南京建立临时政府，各省代表推举孙中山为临时大总统。1912年1月1日，孙中山宣誓就职，中华民国（1912—1949）正式建立，简称民国。

③ 蒋百里（1882—1938）：中国近代著名的军事理论家、军事教育家，于1937年出版了军事论著集《国防论》，并在日后影响了白崇禧等人。

为答复,"楚虽三户,亡秦必楚。"以为凡想用秦始皇兼并方式造成的局势,就终必有一天被群众联合起来打倒推翻。三户武力何能亡秦?居然能亡秦,那点郁郁不平有所否定的气概,是重要原因!百里先生后来还写了一本书,借用了那个德国学者口气,向多数中国人说,中国若与日本作战,一时失利是必然的。不怕败,只要不受敌人的狡诈欺骗所作成的假象蒙蔽,日本想征服中国,就不可能成功。百里先生不幸已作古,他对于国家人民的深刻信心和明智见解,以及所称引的先知预见,却已经得到证实。日本的侵略行为,在中国遭遇的最大阻碍,从长沙、常德、衡阳、宝庆①的争夺战中已得到极好教训。

日本在中国境内的败北,是从湘省西南雪峰山起始的。日本在印缅军事的失利,敌手恰好又大多是湖南军人。提起这件事,固能增加每个湖南军人的光荣,但这光荣的代价也就不轻啰!因为虽骄傲实谨慎的日本军人,一定记忆住那个警告,忧虑大东亚独霸的好梦,会在热情僵持的湖南人面前撞碎,在湖南境内战事进行时,惨酷激烈就少见。八年苦战的结果,实包含了万千忠于国土的湖南军民生命牺牲,以及百十城市的全部

---

① 宝庆:即今湖南邵阳。

/ 想念，往往不是刻意的 /

毁灭。尽管如此牺牲，湖南人始终还有这点自信，即只要有土地，有人民，稍稍给以时间，便可望从一堆瓦砾上建设起更新更大的城市。可是人的损失，事实上已差不多了。不仅身当其冲的多已完事，即幸而免的老弱残余，留在断垣残瓦、荒田枯井边活受罪，待着逼近的灾荒一来临，还不免在无望无助情形下陆续为死亡收拾个干干净净！灾情的严重一面是无耕具，少下田的得用多力的牲口。

情形已极端严重时，方稍稍引起负责方面的注意，得到一点点救济，稍稍喘一口气。可是国库大过赈济百倍的经常担负，却是把一些待退役转业的军官收容下来，尽这些有功于国的军人，在应遣散不即遣散，待转业又从不认真为其准备转业情况中等待下去。等待什么？还不是等个机会，来把美国剩余军火，重新加以装备，在国内各地砰砰訇訇进行那个"战争"！（这种收容军官机构，据一个同乡军官说，全国约二十个，人数在十二万以上，其中至少有三分之一就是湖南人。总队长、大队长且有三分之二是湖南人。）

试分析一下活在这个中国谷仓边人民普遍死亡的远因近果，以及国内当前可忧虑局势的发展，我们就会明白湖南人自傲的"无湘不成军"一句话，实含有多少悲剧性！对国家，湖南人总算够朋友了。可是国家负责方面，对于这片土地上人民的当前和未来，是不是还有点责任待尽？赈济湘灾，政府方面既不大关心，湖南人还得自救。最近在云南一发动募捐，数日即已过两万万，且超过了全国募捐总纪录。对湖南，云南人也总算够朋友了。可是寄寓云南的湖南人，是不是还需要从各方面努点力，好把松坡先生三十年前所建立于当地的良好友谊，加以有效地扩大，莫使它在小小疏忽中，以及岁月交替中失去？

国内局面既如此混沌，正若随时随地均可恶化。在这个情况下，许多情绪郁结待找出路的失业军人，或因头脑单纯，或因好事喜弄，自不免禁不住要做做英雄打天下的糊涂梦，只要有东西在手，大打小打无不乐意从事。然稍稍认识国家人民破碎糜烂已到何等状况下的人，对于武力与武器的使用，便明白不问大小，不能不万分谨慎小心！云南人性情坦白直爽，可供我们湖南人学习的还多。明大义，识大体，对内战深怀厌恶忧惧不为全无头脑。

适应时代，一般说来且比湖南人为强。社会睿智明达之士，眼光远大，见事深刻，对国家民主特具热忱幻念者，更不

/ 想念，往往不是刻意的 /

乏人。日前"闻李惨案"①发生后，大姚李一平②先生，即电云南省参议会同乡说："此事发生于昆明市中光天化日之下，实近于吾滇之耻辱。务必将其事追究水落石出，以慰死者，以明是非。"目前在云南负军事责任的为湖南人，负昆明地方治安责任的亦是湖南人，如何使这件事水落石出，彻底清楚，驻滇的湖南高级军官，实有其责任和义务待尽。若事不明白，或如"一二·一"学生惨案，就以为可马马虎虎过去，也近于湖南人羞耻，云南人多的是钱，且不少开明头脑，如湖南人建议将唐公馆买来，好好修整一番，作为云南人和湖南人对争取民主和平牺牲者一种共同努力的象征，我认为将是中国人共同拊掌的、赞赏的好事。至于松坡先生所住的小小房子，湖南同乡实在也值得集资筹措，妥慎保存，留为一湘贤纪念，且可为湘滇两地人士为国事合作良好友谊的象征。每一高级湖南军官，初到云南时，如能在那小房子中住住，与当地贤豪长者相过从，

---

① 闻李惨案：即 1946 年 7 月 15 日闻一多、1946 年 7 月 11 日李公朴在昆明被国民党特务暗杀事件。现称"李闻惨案"。
② 李一平（1904—1991）：国务院参事、中国佛教协会常务理事、无党派爱国民主人士。又名李玉衡。出生于云南大姚县。李一平先生一生多次投身于革命事业，如 1925 年参与领导了南京市的"五卅运动"。

就必然会为一种崇高情绪所浸润，此后对国家，对地方，对个人，知道随时随处还有多少好事可做，还有多少好事待做，西南一隅明日传给国人的消息，也自然会化灾难为祥和，只听说建设与进步，不至于依然是暴徒白昼杀人，或更大如苏北、山西种种不幸！

一九四六年八月九日

白　魇

　　为了工作，我需要清静与单独，因此长住在乡下，不知不觉就过了五年。

　　乡下居住一久，和社会场面都隔绝了，一家人便在极端简单生活中，送走连续而来的每个日子。简单生活中又似乎还另外有种并不十分简单的人事关系存在，即从一切书本中，接近两千年来人类为求发展争生存种种哀乐得失。他们的理想与愿望，如何受事实束缚挫折，再从束缚挫折中突出，转而成为有生命的文字，这个艰苦困难过程，也仿佛可以接触。其次就是从通信上，还可和另外环境背景中的熟人谈谈过去，和陌生朋友谈谈未来。当前的生活，一与过去未来连接时，生命便若重新获得一种意义。再其次即从少数过往客人中，见出这些本性善良、欲望贴近地面可爱人物的灵魂，被生活压力所及，影响到义利取舍时是什么样子，同样对于人性若有会于心。

这时节，我面前桌子上正放了一堆待复的信件，和几包刚从邮局取回的书籍。信件中提到的，不外战争带来的亲友死亡消息，或初入社会年轻朋友与现实生活迎面时，对于社会所感到的灰心绝望，以及人近中年，从诚实工作上接受寂寞报酬，一面忍受这种寂寞，一面总不免有点郁郁不平。从这种通信上，我俨然便看到当前社会一个断面，明白这个民族在如何痛苦中接受时代所加于他们身上的严酷试验，社会动力既决定于情感与意志，新的信仰且如何在逐渐生长中。倒下去的生命已无可补救，我得从复信中给活下的他们一点光明希望，也从复信中认识认识自己。

二十六岁的小表弟黄育照，任新六军一八九师通信连连长，在华容为掩护部属抢渡，救了他人救不了自己，阵亡了。同时阵亡的还有个表弟聂清，为写文章讨经验，随同部队转战各处已六年。还有个做军需的子昭，在嘉善作战不死却在这一次牺牲。这种牺牲其实还包含一个小小山城五千孤儿寡妇的饮泣，一朝上每家门前多一小小白木牌子。然而这就是战争！

"……人既死了，为做人责任和理想而死，活下的徒然悲

/ 想念，往往不是刻意的 /

痛，实在无多意义。既然是战争，就不免有死亡！死去的万千年轻人，谁不对国家前途或个人事业有光明希望和美丽的梦？可是在接受分定上，希望和梦总不可免在不同情况中破灭。或死于敌人无情炮火，或死于国家组织上的脆弱，二而一，同样完事。这个国家，因为前一辈的不振作，自私而贪得，愚昧而残忍，使我们这一代为历史担负那么一个沉重担子，活时如此卑屈而痛苦，死时如此糊涂而悲惨。更年青一辈，可有权利向我们要求，活得应当像个人样子！我们尽这一生努力，来让他们活得比较公正合理些，幸福尊贵些，不是不可能的！"

一个朋友离开了学校将近五年，想重新回学校来，被传说中昆明生活愣住了。因此回信告诉他一点情况。

"……这是一个古怪地方，天时地利人和条件具备，然而乡村本来的素朴单纯，与城市习气做成的贪污复杂，却产生一个强烈鲜明对照，使人十分痛苦。湖山如此美丽，人事上却常贫富悬殊到不可想象程度。小小山城中，到处是钞票在膨胀，在活动。大多数人的做人兴趣，即维持在这个钞票数量争夺过程中。钞票越来越多，因之一切责任上的尊严，与做人良心的标尺，都若被压扁扭曲，慢慢失去应有的完整。正当公务员过日子都不大容易对付，普通绅商宴客，却时常有熊掌、鱼翅、鹿筋、象鼻子点缀席面。奇特现象最不可解处，即社会习气且培养到这个民族堕落现象的扩大。大家都好像明白战时战后决定这个民族百年荣枯命运的，主要的还是学识，教育部照例将会考优秀学生保送来这里升学。有钱人子弟想入这个学校肄业，恐考试不中，且乐意出几万元代价找替考人。可是公私各方面，就似乎从不曾想到这些教书十年二十年的书呆子，过的是种什么紧张日子。雨季中许多人家半浸在水里，也似乎是应分的。本地小学教员照米价折算工薪，水涨船高。大学校长收入在四千左右，大学教授收入在三千法币上盘旋，完全近于玩戏法的，要一条蛇从一根细小绳子上爬过。战争如果是个广义名词，大多数同事，就可说是在和一种风气习惯而战争！情形虽够艰苦，但并不气馁！日光多，在日光之下能自由思索，培养对于当前社会制度怀疑和否定的种子，这是支持我们情绪唯一的撑柱，也是重造这个民族品德的一点转机！"

…………

这种信照例写不完，乡下虽清静却无从长远清静，客人来了，主妇温和诚朴的微笑，在任何情形中从未失去。微笑中不仅表示对于生活的乐观，且可给客人发现一种纯挚同情；对人对事无机心的同情，使得间或从家庭中小小拌嘴过来的女客人，更容易当成个知己，以倾吐心腹为快。这一来，我的工作自然停顿了。

凑巧来的是胖胖的何太太，善于用演戏时的兴奋情感说话，叙述琐事能委曲尽致，表现自己有时又若故意居于不利地位，增加点比本人年龄略小二十岁的爱娇。喉咙响，声音大，一上楼时就嚷："从文先生，我又来了。一来总见你坐在桌子边，工作好忙！我们谈话一定吵闹了你，是不是！我坐坐就走！真不好意思，一来就妨碍你。你可想要出去做文章？太阳好，晒晒太阳也有好处。有人说，晒晒太阳灵感会来。让我晒太阳，就只会出油出汗！我又加重了十一磅，你说是咋个了？"

我不免稍微有点受窘，忙用笑话自救："若是找灵感，依我想，最好倒是听你们谈天，一定有许多动人故事可听！"

"从文先生，你说笑话，……可别骂我，千万别把我写到你那大作中！他们说我是座活动广播电台，长短波都有，性能灵敏，修理简单，材质结实，这是仿单上的说明。其实——唉，我不过是……"

我赶忙补充："一个心直口快的好人罢了。你若不疑心我是骂人，我常觉得你实在有天才，真正的天才。观察事情极仔细，描画人物兴趣又特别好。"

"这不是骂我是什么！"

我心想，不成不成，这不是议会和讲坛，决非舌战可以找出结论。因此忽略了一个做主人的应有礼貌，在主妇微笑示意中，离开了家，离开了客人，来到半月前发现"绿魇"的枯草地上了。

我重新得到了清静与单独。

我面前是个小小四方朱红茶几，茶几上有个好像必须写点什么的本子。强烈阳光照在我身上和手上，照在草地上和那个小小本子上。阳光下空气十分暖和，间或吹来一阵微风，空气中便可感觉到一点从滇池送来冰凉的水汽和一点枯草香气。四周景象和半月前已大不相同：小坡上那一片发黑垂头的高粱，大约早被带到人家屋檐下，象征财富之一部分去了。待翻耕的土地上，有几只呆呆的戴胜鸟，已失去春天的活泼，正在寻觅虫蚁吃食。那个石榴树园，小小蜡黄色透明叶片，早已完全落尽，只剩下一簇簇银白色带刺细枝，点缀在一片长满萝卜秧子的新绿中。河堤前那个连接滇池的大田原，极目绿芜照眼，再分辨不出被犁头划过的纵横赭色条纹。河堤上那些成行列的松柏，也若在三五回严霜中，失去了固有的俊美，见出一点萧瑟。在暖和明朗阳光下结队旋飞自得其乐的蜉蝣，更早已不知

/ 想念，往往不是刻意的 /

死到何处去了。

我于是从面前这一片枯草地上，试来仔细搜寻，看看是不是还可发现那些彩色斑驳、金光灿烂的小小甲虫，依然能在阳光下保留原先的从容闲适，于草梗间无目地漫游，并充满游戏心情，从弯垂草梗尖端突然下堕？结果自然全失望。一片泛白的枯草间，即那个半月前爬上我手背若有所询问的黑蚂蚁，也不知归宿到何处去了。

阳光依旧如一只温暖的大手，从亿万里外向一切生命伸来。除却我和面前的土地，接受这种同情时还感到一点反应，其余生命都若在"大块息我以死"态度中，各在人类思索边际以外结束休息了。枯草间有着放光细劲枝梗带着长穗的狗尾草类植物，种子散尽后，尚依旧在微风中轻轻摇头，俨若在阳光下表示，生命虽已完结，责任犹未完结神气。

天还是那么蓝，深沉而安静，有灰白的云彩从树林尽头慢慢涌起，如有所企图地填去了那个明蓝的苍穹一角。随即又被一种不可知的力量所抑制，在无可奈何情形下，转而成为无目的的驰逐。驰逐复驰逐，终于又重新消失在蓝与灰相融合做成的珠母色天际。

大院子同住的人，只有逃避空袭方来到这个空地上。我要逃避的，却是地面上一种永远带点突如其来的袭击。我虽是个写故事的人，照例不会拒绝一切与人性有关的见闻，可是从性情可爱的客人方面所表现的故事，居多都像太真实了一点，待要把它写到纸上时，反而近于虚幻想象了。

另一时，正当我们和朋友商量一个严重问题时，一位爱美而热忱，长于用本人生活抒情的×太太，突然侵入我的记忆中。

"××先生（向一位陌生客人说），你多大年纪？怎么总不见老？我从四川回来，人都说我老了，不像从前那么一切合标准了（抚摩丰腴的脸颊）。我真老了，我要和我老周离婚，让他去和年轻女人恋爱，我不管。我喝咖啡多了睡不好觉，会失眠（用茶匙搅和咖啡）。这墙上的字真好，写得多软和，真是龙飞凤舞（用手胡乱画些不大容易认识的草字）。人老了真无意思。我要走了。明早又还得进城……真气人。"×太太话一说完，当真就走了。只留下一场飓风已过的气氛在一群朋友间，虽并不见毁屋拔木，可把人弄得糊糊涂涂。

这种人为的飓风去后许久，主客之间还不免带剩余惊悸，都猜想：也许明天当真会有什么重大变故要发生了？结果还亏主妇用微笑打破了这种沉闷。

"×太太为人心直口快，有什么说什么。只因为太爱好，

/ 想念，往往不是刻意的 /

凡事不能尽如人意，琐琐家务更多烦心，所以总欢喜向朋友说到家庭问题。其实刚才说起的事，不仅你们不明白，过一会儿她自己也就忘记了。我猜想，明天进城一定是去吃酒，不会有什么别的问题的！"大家才觉得这事原可以笑笑，把空气改变过来。

温习到这个骤然而来的可爱风暴时，我的心便若失去了原有的谧静。

我因此想起了许多事，如彼或如此，在人生中十分真实，且各有它存在的道理，巴尔扎克或契诃夫，笔下都不会轻轻放过。可是这些事在我脑子中，却只做成一种混乱印象，俨若一页用失去了时效的颜色胡乱涂成的漫画。这漫画尽管异常逼真，但实在不大美观。这算个什么？我们做人的兴趣或理想，难道都必然得奠基于这种猥琐粗俗现象上，且分享活在这种事实中的小小人物悲欢得失，方能称为活人？一面想起眼前这个无剪裁无章次的人生，一面想起另外一些人所抱的崇高理想，以及理想在事实中遭遇的限制、挫折、毁灭，不免痛苦起来。我还得逃避，逃避到一种抽象中，方可突出这个无章次人事印象的困惑。

我耳边有发动机在高空搏击空气的声响。这不是一种简单音乐，单纯调子中，实包含有千年来诗人的热情幻想，与现代技术的准确冷静，再加上战争残忍情感相糅合的复杂矛盾。这点诗人美丽的情绪，与一堆数学上的公式，三五十种新的合金，以及一点儿现代战争所争持的民族尊严感，方共同做成这个现象。这个古怪拼合物，目前原在一万公尺以上高空中自由活动，寻觅另外一处飞来的同样古怪拼合物，一到发现时，三分钟的接触，其中之一就必然变成一团火焰向下飘堕。这世界各处美丽天空下，每一分钟内差不多都有这种火焰一朵朵在下堕。我就还有好些小朋友，在那个高空中，预备使敌人从火焰中下堕，或自己挟带着火焰下堕。

当高空飞机发现敌机以前，我因为这个发现，我的心，便好像被一粒子弹击中，从虚空倏然堕下，重新陷溺到更复杂人事景象中，完全失去方向了。

忽然耳边发动机声音重浊起来，抬起头时，便可从明亮蓝空间，看见一个银白放光点子，慢慢地变成了一个小小银白十字架。再过不久，我坐的地方，面前朱红茶几，茶几上那个用来写点什么的小本子，有一片飞机翅膀的阴影掠过，阳光消失了。面前那个种有油菜的田圃，也暂时失去了原有的嫩绿。待阳光重新照临到纸上时，在那上面，我写了两个字，"白魇"。

一九四四年写于昆明

黑　　魇

　　昆明市空袭威胁，因同盟国飞机数量增多后，俨然成为过去一种噩梦，大家已不甚在意。两年前被炸被焚的瓦砾堆上，大多数有壮大美观的建筑蠡起。疏散乡下的市民，于是陆续离开了静寂的乡村，重新成为城里人。当进城风气影响到我住的那个地方时，家中会诅咒猫打喷嚏的张嫂，正受了梁山伯恋爱故事刺激，情绪不大稳定，就说："太太，大家都搬进城里住去了，我们怎么不搬？城里电灯方便，自来水方便，先生上课方便，弟弟读书方便，还有你，太太，要教书更方便！我看你一天来回五龙浦跑十几里路，心都疼了。"

　　主妇不作声，只笑笑，这个建议自然不会成为事实，因为我们实无做城里人资格，真正需要方便的是张嫂。

过了两个月，张嫂变更了谈话方式。

"太太，我想进城去看看我大姑妈，一个全头全尾的好人，心真好！总不说谎，除非万不得已，不赌咒！

"五年不见面，托人带了信来，想得我害病！我陪她去住住，两个月就回来。我舍不得太太和小弟，一定会回来的！你借我一个月薪水，我发誓……小弟真好！"

平时既只对于梁山伯婚事关心，从不提起过这位大姑妈。不过从她叙述到另外一个女佣人进城后，如何嫁了个穿黑洋服的"上海人"那种充满羡慕的神气，我们如看什么象征派新诗一样，有了个长长的注解，好坏虽不大懂，内容已完全明白，不好意思不让她试试机会。不多久，张嫂就换上那件灰线呢短袖旗袍，半高跟旧皮鞋，戴上那个生锈的洋金手表，脸上还敷了好些白粉，打扮得香喷喷的，兴奋而快乐，骑马进城看她的抽象姑妈去了。

我仍然在乡下不动，若房东好意无变化，住到战争结束亦未可知。温和阳光与清爽空气，对于孩子们健康既有好处，寄居了将近五年，两个相连接的雕花绘彩大院落，院落中的人事新陈代谢，也使我觉得在乡村中住下来，比城市还有意义。户外看长脚蜘蛛在仙人掌间往来结网，捕捉蝇蛾，辛苦经营，不

/ 想念，往往不是刻意的 /

惮烦劳，还装饰那个彩色斑驳的身体，吸引异性，可见出简单生命求生的庄严与巧慧；回到住处时，看看几个乡下妇人，在石臼边为唱本故事上的姻缘不偶，眼中浸出诚实热泪，又如何发誓赌咒，解脱自己小小过失，并随时说点谎话，增加他人对于一己信托与尊重，更可悟出人类生命取予形式的多方。我事实上也在学习一切，不过和别人所学的不大相同罢了。

在腹大头小的一群官商合作争夺钞票局面中，物价既越来越高，学校一点收入，照例不敷日用。我还不大考虑到"兼职兼差"问题，主妇也不会和乡下人打交道作"聚草屯粮"计划，为节约计，佣人走后大小杂务都自己动手。磨刀扛物是我二十年老本行，做来自然方便容易。烧饭洗衣就归主妇，这类工作通常还与校课衔接。遇挑水拾树叶，即动员全家人丁，九岁大的龙龙，六岁大的虎虎，一律参加。一面工作一面也就训练孩子，使他们从服务中得到劳动愉快和做人尊严。干的湿的有什么吃什么，没有时包谷、红薯当饭吃。凡是一般人认为难堪的，我们都不以为意。孩子们的欢笑歌呼，于家庭中带来无限生机与活力。主妇的身心既健康又紧朴，接受生活、应付生活俱见出无比的勇气和耐心，尤其是共同对于生命有个新的态度，日子过下去虽困难，即便过三五年似乎也担当得住。

一般人要生活，从普通比较见优劣，或多有件新衣和双鞋子，照例即可感到幸福。日子稍微窘迫，或发现有些方面不如人，没法从社交方式弥补，依然还不大济事时，因之许多高尚脑子，到某一时自不免又会悄悄地做些不大高尚的打算。许多人的聪明才智，倒常常表现成为可笑行为。环境中的种种见闻，恰做成我们另外一种教育，既不重视也并不轻视。正好让我们明白，同样是人生，可相当复杂，从复杂景象中，可以接触人生种种。具体的猥琐与抽象的庄严，它的分歧虽极明显，实同源于求生，各自想从生活中证实存在意义。生命受物欲控制，或随理想发展，只因取舍有异，结果自不相同。

我凑巧拣了那么一个古怪职业，照近二十年社会习惯称为"作家"。工作对社会国家也若有些微作用，社会国家对本人可并无多大作用。虽名为职业，然无从靠它生活。情形最为古怪处，便是这个工作虽不与生活发生关系，却缚住了我的生命，且将终其一生，无从改弦易辙。另一方面又必然迫使我超越通常个人爱憎，充满兴趣、鼓足勇气去明白"人"，理解"事"，分析人事中那个常与变，偶然与凑巧，相左或相仇，将种种情形所产生的哀乐得失式样，用来教育我、折磨我、营养我，方能继续工作。

千载前的高士，抱着单纯的信念，因天下事不屑为而避

/ 想念，往往不是刻意的 /

世，或弹琴赋诗，或披裘负薪，隐居山林，自得其乐。虽说不以得失荣利婴心，却依然保留一种愿望，即天下有道，由高士转而为朝士的愿望。做当前的候补高士，可完全活在一个不同心情状态中。生活简单而平凡，在家事中尽手足勤劳之力打点小杂，义务尽过后，就带了些纸和书籍，到有和风与阳光草地上，来温习温习人事，思索思索人生。先从天光云影、草木荣枯中有所会心。随即由大好河山的丰腴与美好，和人事上的无章次处两相对照，慢慢地从这个不剪裁的人生中，发现了"堕落"二字真正的意义，又慢慢地从一切书本上，看出那个堕落因子。又慢慢地从各阶层间，看出那个堕落因子传染浸润现象。尤其是读书人，倦于思索、怯于怀疑、苟安于现状的种种，加上一点为贤内助谋出路的打算，如何即形成一种阿谀不自重风气。这种失去自己可能为民族带来一种什么形式的奴役，仿佛十分清楚。我于是逐渐失去了原来与自然对面时应得的谧静。我想呼喊，可不知向谁呼喊。

"这不成！这不成！人虽是个动物，希望活得幸福，但是人究竟和别的动物不同，还需要活得尊贵！如果少数人的幸福，原来完全奠基于一种不义的习惯，这个习惯的继续，不仅使多数人活得卑屈而痛苦，死得糊涂而悲惨。还有更可怕的，是这个现实将使下一代堕落的更加堕落，困难的越发困难，我们怎么办？如果真正的多数幸福，实决定于一个民族劳动与知识的结合，从极合理方式中将它的成果重作分配，在这个情形下，民族中的一切优秀分子，方可得到更多自由发展的机会。在争取这个幸福过程时，我们确实希望人先要活得贵尊些！我们当前便需要一种'清洁运动'，必将现在政治的特殊包庇性，和现代商业的驵侩气，以及三五无出息的知识分子所提倡的变相鬼神迷信，于年轻生命中所形成的势利、依赖、狡猾、自私诸倾向完全洗涮干净，恢复了二十岁左右头脑应有的纯正与清明，来认识这个世界，并在人类驾驭钢铁、征服自然才智竞争中，接受这个民族一种新的命运。我们得一切重新起始，重新想，重新做，重新爱和恨，重新信仰和怀疑……"

我似乎为自己所提出的荒谬问题愣住了。试左右回顾，身边只是一片明朗阳光，漂浮于泛白枯草上。更远一点，在阳光下各种层次的绿色，正若向我包围，越来越近。虽然一切生命无不取给于绿色，这里却不见一个人。一个有勇气将社会人生如一副牌摊散在面前，——重新捡起试来排列一下的人。

/ 想念，往往不是刻意的 /

　　到我重新来检讨影响到这个民族正当发展的一切抽象原则，以及目前还在运用它作工具的思想家或统治者，被它所囚缚的知识分子和普通群众时，顷刻间便俨若陷溺到一个无边无际的海洋里，把方向也迷失了。只到处见用出各式各样材料做成满载"理想"的船舶，数千年来永远于同一方式中，被一种卑鄙自私形成的力量所摧毁，剩下些破帆与碎桨在海面漂浮。到处见出同样取生命于阳光，繁殖大海洋中的简单绿色苔藻，正唯其异常单纯，便得到生命悦乐。还有那个寄生息于苔藻中的小鱼小虾，亦无不成群结伴，悠然自得，各适其性。海洋较深处，便有一群种类不同的鲨鱼，狡狠敏捷，锐齿如锯，于同类异类中有所争逐，十分猛烈。还有一只只黑色鲸鱼，张大嘴时，万千细小蛤蚧和乌贼、海星，即随同巨口张合作成的潮流，消失于那个深渊无底洞口。庞大如山的鱼身，转折之际本来已极感困难，躯体各部门，尚可看见万千有吸盘的大小鱼类，用它吸盘紧紧贴住，随同升沉于洪波巨浪中。这一切生物在海面所产生的漩涡与波涛，加上世界上另外一隅寒流暖流所产生的变化，卷没了我的小小身子，复把我从白浪顶上抛起。试伸手有所攀援时，方明白那些破碎板片，已腐朽到全不适用。但见远外仿佛有十来个衣冠人物，正在那里收拾海面残余，扎成一个简陋筏子，仔细看看，原来载的是一群两千年未坑尽的腐儒，只因为活得寂寞无聊，所以用儒家的名分，附会谶纬星象征兆，预备做一个遥远跋涉，去找寻矿产熔铸九鼎。这个筏子向我慢慢漂来，又慢慢远去，终于消失到烟波浩渺中不见了。

试由海面向上望，忽然发现蓝穹中一把细碎星子，闪烁着细碎光明。从冷静星光中，我看出一种永恒，一点力量，一点意志。诗人或哲人为这个启示，反映于纯洁心灵中即成为一切崇高理想。过去诗人受牵引迷惑，对远景凝眸过久，失去条理如何即成为疯狂，得到平衡如何即成为法则，简单法则与多数人心汇合时如何产生宗教，由迷惑、疯狂到个人平衡过程中，又如何产生艺术。一切真实伟大艺术，都无不可见出这个发展过程和终结目的。然而这目的，说起来，和随地可见蚊蚋集团的嗡嗡嘤嘤要求的终点，距离未免相去太远了。

微风掠过面前的绿原，似乎有一阵新的波浪从我身边推过。我攀住了一样东西，于是浮起来。你攀住的是这个民族在忧患中受试验时的一切活人素朴的心。年青男女入社会以前对于人生的坦白与热诚，未恋爱以前对于爱情的腼腆与纯粹。还

/ 想念，往往不是刻意的 /

有那个在城市、在乡村、在一切边陬僻壤埋没无闻卑贱简单工作中，低下头来的正直公民，小学教师或农民，从习惯中受侮辱，受挫折，受牺牲的广泛沉默。沉默中所保有的民族善良品性，如何适宜培养爱和恨的种子！

强烈照眼阳光下，蚕豆、小麦做成的新绿，已掩盖了远近赭色田亩。面对这个广大的绿原，一端衔接于泛银光的滇池，一端却逐渐消失于蓝与灰融合而成的珠色天际，我仿佛看到一些种子，从我手中撒去，用另外一种方式，在另外一时同样一片蓝天下形成的繁荣。

有个脆弱而充满快乐情感的声音，在高大仙人掌丛后锐声呼唤："爸爸，爸爸，快回来，不要走得太远，大家提水去！"我知道，我的心确实走得太远，应当回家了。我似乎也快迷路了。

原来那个六岁大的虎虎，已从学校归来，准备为家事服务了。

孩子们取水的溪沟边，另外一时，每当晚饭前后，必有个善于弹琴唱歌聪明活泼的女子，带了他到那个松柏成行的长堤上去散步，看滇池上空一带如焚如烧的晚云，和镶嵌于明净天空中梳子形淡白新月，共同笑乐。

这个亲戚走后，过不久又来了一个生活孤独、性情淳厚的诗人朋友，依然每天带了他到那里去散步。朋友为娱乐自己并娱乐孩子，常把绿竹叶片折成的小船，装上一点红白野花，一点玛瑙石子，以及一点单纯忧郁隐晦的希望，和孩子对于这个行为的痴愿与祝福，乘流而去。小船去不多远，必为溪中洄流或岸旁下垂树枝做成的漩涡搅翻。在诗人和孩子心中，却同样以为终有一天会直达彼岸。生命愿望凡从星光虹影中取决方向的，正若随同一去不复返的时间，渐去渐远，纵想从星光虹影中寻觅归路，已不可能。在另一方面，朋友走了，有所寻觅的远远走去，可是过不久，孩子们或许又可以和那个远行归来的姨姨，共同到溪边提水了。玩味及这种人事，倏忽相差相左无可奈何光景时，不由得人不轻轻地叹一口气。

晚饭时，从主妇口中才知道家中半天内已来过好些客人。甲先生叙述一阵贤明太太们用变相高利贷"投资"的故事，就走了。乙太太叙述一阵家庭小纠纷问题，为自己丈夫做了个不美观画像，也走了。丙小姐和丁博士又报告……

主妇笑着说："他们让我知道许多事情，可无一个人知道我们今天卖了一升麦子一家四人才能过年。"

我说："我们就活到那么一个世界中，也是教育，也是战争！"

/ 想念，往往不是刻意的 /

"我倒觉得人各有好处，从性情上看来，这些朋友都各有各的好处……"

"这话从你口中说出时，很可以增加他们一点自尊心，若果从我笔下写出，可就会以为是讽刺了。许多人过日子的方法，一生的打算，以至于从自己口中说出的话语，都若十分自然，毫不以为不美不合式①。且会觉得在你面前如此表现，还可见出友谊的信托和那点本性上的坦白天真。可是一到由另一个人照实写下来，就不免成为不美观的讽刺画了。我容易得罪人在此。这也就是我这支笔常常避开当前社会，去写传奇故事的原因。一切场面上的庄严，从深处看将隐饰部分略作对照，必然都成为漫画。我并不乐意做个漫画家！实在说来，对于一切人的行为和动机，我比你更多同情。我从不想到过用某一种标准去度量一般人，因为我明白人太不相同。不幸是它和我的工作关系又太密切，所以间或提及这个差别时，终不免有点痛苦，企图中和这点痛苦，反而因之会使这些可爱灵魂痛苦。我总以为做人和写文章一样，包含不断地修正，可以从学习得到

---

① 合式：现在写作"合适"。

进步。尤其是读书人,从一切好书取法,慢慢地会转好。事实上可不大容易。真如×说的'蝗虫集团从海外飞来,还是蝗虫'。如果是虎豹呢,即或只剩下一牙一爪,也可见出这种山中猛兽的特有精力和雄强气魄!不幸的现代文化便培养了许多蝗虫。在都市高级知识分子中,特别容易发现蝗虫,贪得而自私,有个华美外表,比蝗虫更多一种自足的高贵。"

主妇一遇到涉及人的问题时,照例只是微笑。从微笑中依稀可见出"察见渊鱼者不祥"一句格言的反光,或如另一时论起的,"我即使觉得他人和我理想不同,从不说;你一说,就糟了。你自以为深刻的,可想不到在人家容易认为苛刻,为的是人总是人,是异于兽和神之间的东西,他们从我的沉默中,比由你文章中可以领会更多的同情。每个人既都有不同的弱点,同情却覆盖了那个不愉快!"

我想起先前一时在田野中感觉到的广泛沉默,因此又说:"沉默也是一种难得的品德,从许多方面可以看得出来。因为它在同情之外,还包含容忍,保留否定。可是这种品德是无望于某些人的。说真话,有些人不能沉默的表现上,我倒时常可以发现一种爱娇,即稍微混合一点儿做作亦无关系。因为大都本

085

/ 想念，往往不是刻意的 /

源于求好，求好心太切，又缺少自信自知，有时就不免适得其反。许多人在求好行为上摔跤，你亲眼看到，不作声，就称为忠厚；我看到，充满善意想用手扶一扶，反而不成！虎虎摔跤也不欢喜人扶的！因为这伤害了他的做人自尊心！"

主妇说："你知道那么多，这不难得到的品德自己却得不到。既不扶也成，可是事实上你有时却说我恐怕伤你自尊心，虽然你并不十分自尊，人家怎么不难受！"

孩子们见提到本质问题，龙龙插嘴说："妈妈，奇怪，我昨天做了个梦，梦到张嫂已和一个人结婚，还请我们吃酒。新郎好像是个洋人。她是不是和×伯母一样，都喜欢洋人？"

小虎虎说："可是洋人说她身体长得好看，用尺量过？洋人要哄张嫂，一定也去做官。×伯母答应借巴老伯大床结婚，借不借给张嫂？"

龙龙的好奇心转到报纸上："报上说大嘴笑匠到昆明来了，是个什么人？是不是在联大演讲逗人发笑的林语堂？"

虎虎还想有所自见："我也做了个梦，梦见四姨坐只大船从溪里回来，划船的是个顶熟的人。船比小河大。诗人舅舅在堤上，拍拍手，口说好好，就走开了。我正在提水，水桶上那个米老鼠也看见了，当真的。"

虎虎的作风是打趣争强，使龙龙急了起来："唉咦，小弟，你又乱来。你就只会捣乱，青天白日也睁了双大眼睛做梦！不分真假自己相信！"

"一切愿望都神圣庄严，一切梦想都可能会实现。"我想起许多事情。好像前面有了一幅涂满各种彩色的七巧板，排定了个式子，方的叫什么，长的象征什么，都已十分熟悉。忽然被孩子们四只小手一搅，所有板片虽照样存在，部位秩序可完全给弄乱了。原来情形只有板片自己知道，可是板片却无从说明。

小虎虎果然正睁起一双大眼睛，向虚空看得很远。海上复杂和星空壮丽，既影响我一生，也会影响他将来命运，为这双美丽眼睛，我不免稍稍有点忧愁。因此为他说了个佛经上驹那罗王子的故事。

"……那王子一双极好看的眼睛，瞎了又亮了。就和你眼睛一样，黑亮亮的，看什么都清清楚楚；白天看日头不眨眼，夜间在这种灯光下还看得见屋顶上小疟蚊。为的是做人正直而有信仰，始终相信善。他的爸爸就把那个紫金钵盂，拿到全国各处去。全国各地年轻美丽女孩子，听说王子瞎了眼睛，为同情他受的委屈,都流了眼泪。接了大半钵这种清洁眼泪,带回来一洗,那双眼睛就依旧亮光光的了!"

主妇笑着不作声,清明目光中仿佛流注一种温柔回答:"从前故事上说,王子眼睛被恶人弄瞎后,要用美貌女孩子纯洁眼泪来洗,才可重见光明。现在的人呢,要从勇敢正直的眼光中得救。"

我因此补充说:"小弟,一个人从美丽温柔眼光中,也能得救!譬如说……"

孩子的心被故事完全征服了,张大着眼睛,对他母亲十分温顺地望着:"妈妈,你的眼睛也亮得很,比我的还亮!"

一九四三年十二月末一日作于云南呈贡

三年前的十一月二十二日

六点钟时天已大亮，由青岛过济南的火车，带了一身湿雾骨碌骨碌跑去。从开车起始到这时节已整八点钟，我始终光着两只眼睛。三等车车厢中的一切全被我看到了，多少脸上刻着关外风雪记号的农民！我只不曾见到我自己，却知道我自己脸色一定十分难看。我默默地注意一切乘客，想估计是不是有一个学生模样的青年人，认识徐志摩，知道徐志摩。我想把一个新闻告给他，徐志摩死了，就是那个给年轻人以蓬蓬勃勃生气的徐志摩死了。我要找寻一个人说说话，一个没有，一个没有。

我想起他《火车擒住轨》那一首诗。

/ 想念，往往不是刻意的 /

> 火车擒住轨，在黑夜里奔，
> 过山，过水，过陈死人的坟；
> 过桥，听钢骨牛喘似的叫，
> 过荒野，过门户破烂的庙；
> …………
> 睁大了眼，什么事都看分明，
> 但自己又何尝能支使命运？

　　这里那里还正有无数火车的长列在寒风里奔驰，写诗的人已在云雾里全身带着火焰离开了这个人间。想到这件事情时，我望着车厢中的小孩、妇人、大兵，以及吊着长长的脖子打盹，做成缢毙姿势的人物。从衣着上看，这是个佃农管事。好像他迟早是应当上吊的。

　　当我动手把车窗推上时，一阵寒风冲醒了身旁一个瘦瘪瘪的汉子，睡眼迷蒙地向窗口一望，就说"到济南还得两点钟"。说完时看了我一眼，好像知道我为什么推开这窗子吵醒了他，接着把窗口拉下，即刻又吊着颈脖睡去了。去济南的确还得两点钟！我不好意思再惊醒他了，就把那个为车中空气凝结了薄冰的车窗，抹了一阵，现出一片透明处。望到济南附近的田土，远近皆流动着一层乳白色薄雾。黑色或茶色土壤上，各装点了细小深绿的麦种。一切是那么不可形容的温柔沉静，不可形容的美！我心想：为什么我会坐在这车上，为什么一个忽然会死？我心中涌起了一种古怪的感情，我不相信这个人会死。我计算了一下，这一年还剩两个月，十个月内我死了四个最熟的朋友。生死虽说是大事，同时也就可以说是平常事。死了，倒下了，瘪了，烂了，便完事了。倘若这些人死去值得纪念，纪念的方法应当不是眼泪，不是仪式，不是言语。采真[1]是在武汉被人牵至欢迎劳苦功高的什么伟人彩牌楼下斩首的，振先[2]是在那个永远使读书人神往倾心的"桃源洞"前被捷克制自动步枪打死的，也频[3]是给人乱枪排了，和二十七个同伴一起躺到臭水沟里的，如今却轮到一个"想飞"的人，给在云雾里烧毁了。一切痛苦的记忆综合到我的心上，起了中和作用。我总觉得他们并不当真死去。多力的，强健的，有生气的，守

---

[1] 采真：张采真，革命烈士，是20世纪20年代初作者住在北京公寓时结识的朋友。

[2] 振先：满振先，作者早年于行伍间结识的朋友。

[3] 也频：胡也频，别名胡崇轩，"左联"五烈士之一、丁玲前夫。在《京报·民众文艺》当编辑时，与沈从文结下深厚友谊。

/ 想念，往往不是刻意的 /

在一个理想勇猛精进的，全给是早早地死去了。却留下多少早就应当死去了的阉鸡、懦夫，与狡猾狐鬼，愚人妄大，在白日下吃，喝，听戏，说谎，开会，著书，批评攻击与打闹！想起生者，方真正使人悲哀！

落雨了，我把鼻子贴住玻璃。想起《车眺》那首诗。

八点左右火车已进了站。下了火车，坐上一辆人力车，尽那个看来十分忠厚的车夫，慢慢地拉我到齐鲁大学。在齐鲁大学最先见到了朱经农[1]，一问才知道北平也来了三个人，南京也来了两个人。上海还会有三四个人来。算算时间，北来车已差不多要到了。我就又匆匆忙忙坐了车赶到津浦车站去，同他们会面。在候车室里见着了梁思成[2]、金岳霖[3]同张奚若[4]。再一同过中国银行，去找寻一个陈先生，这个陈先生便是照料志摩死后各事，前一天搁下了业务，带了人伕[5]冒雨跑到飞机出事地

---

[1] 朱经农（1887—1951）：生于浙江浦江。教育家、学者、著名的大学校长、诗人、教育行政部门的高级官员、出版家和爱国家。
[2] 梁思成（1901—1972）：中国著名的建筑学家和建筑教育家。
[3] 金岳霖（1895—1984）：中国哲学家、逻辑学家。
[4] 张奚若（1889—1973）：学者，早年参加同盟会，20世纪20年代与胡适同组现代评论社。
[5] 伕：现在写作"夫"，指从事某种体力劳动的人。下文同。

点去，把志摩从飞机残烬中拖出，加以洗涤、装殓，且伴同志摩遗体同车回到济南的。这个人在志摩生前并不与志摩认识，却充满热情来完成这份相当辛苦艰巨的任务。见到了陈先生，且同时见到了从南京来的郭有守[①]和张慰慈[②]先生，我们正想弄明白出事地点在何处，预备同时前去看看。问飞机出事地点离济南多远，应坐什么车。方知道出事地点离济南约二十五里，名白马山站，有站不停车。并且明白死者遗体昨天便已运到了济南，停在城里一个小庙里了。

那位陈先生报告了一切处置经过后，且说明他把志摩搬回济南的原因。

"我知道你们会来，我知道在飞机里那个样子太惨，所以我就眼看着他们伕子把烧焦的衣服脱去，把血污洗尽，把破碎的整理归一，包扎停当，装入棺里，设法运回济南来了！"

他话说的比记下的还多一些，说到山头的形势，去铁路的

[①] 郭有守（1901—1977）：字子杰，四川资中人。是张大千的表弟，他1918年考入北京大学法科，颇得校长蔡元培先生的赏识。北大毕业之后公费派往法国巴黎大学留学，获得文学（一说经济学）博士学位。

[②] 张慰慈（1890—1976）：江苏吴江人。字祖训，早年留学美国，哲学博士。张慰慈是中国政治学研究的先驱者。

/ 想念，往往不是刻意的 /

远近，山下铁路南有一个什么小村落，以及向村中居民询问飞机出事时情形所得的种种。

那时正值湿雾季节，每天照例总是满天灰雾。山峦，河流，人家，一概都裹在一种浓厚湿雾里。飞机去济南差不到三十里，几分钟就应当落地。机师卫姓，济南人，对于济南地方原极熟悉。飞机既已平安超越了泰山高岭，估计时间，应当已快到济南，或者为寻觅路途，或者为寻觅机场，把飞机降低，盘旋了许久，于是訇的碰了山头发了火。

着了火后的飞机，翻滚到山脚下，等待这种火光引起村子里人注意，赶过来看时，飞机各部分皆着了火，已燃烧成为一团火了。躺在火中的人呢，早完事了。两个飞机师皆已成为一段焦炭，志摩座位在后面一点，除了衣服着火，皮肤有一部分灼伤外，其他地方并不着火。那天夜里落了小雨，因此又被雨淋了一夜。这件事直到第二天方为去失事地方较近的火车站站长知道，赶忙报告济南和南京，济南派人来查验证明后，再分别拍电报告北平、南京。济南方面陈先生派去出事地点时，是二十的中午。当二十二大清早我们到济南时，离出事时已经三天了。

我们一同过志摩停柩处时，约九点半钟，天正落小雨，地下泥滑滑的，那地方是个小庙，庙名似乎叫"福缘庵"。一进

094

去小院子里，满是济南人日常应用的陶器。这里是一堆钵头，那里有一堆瓦罐，正中有一堆大瓮同一堆粗碗，两廊又是一列一列长颈脖贮酒用的罂瓶。庙屋很小，房屋只有一进三间，神座上与泥地上也无处不是陶器。原来这地方是个售卖陶器的堆店。在庙中偏右墙壁下，停了一具棺材，两个缩头缩颈的本地人，正在那里烧香。

两个工人把棺盖挪开，各人皆看到那个破产的遗体了，我们低下头来无话可说。我们有什么可说？棺木里静静地躺着的志摩，戴了一顶红顶绒球青缎子瓜皮帽，帽前还嵌了一小方丝料烧成的"帽正"，露出一个掩盖不尽的额角，右额角上一个李子大斜洞，这显然是他的致命伤。眼睛是微张的，他不愿意死！鼻子略略发肿。想来是火灼炙的。门牙脱尽，额角上那个小洞，皆可说明是向前猛撞的结果。这就是永远见得生气勃勃，永远不知道有"敌人"的志摩。这就是他？他是那么爱热闹的人，如今却这样一个人躺在这小庙里。安静地躺在这个小而且破的古庙里，让一堆坛坛罐罐包围着的，便是另外一时生龙活虎一般的志摩吗？他知道他在最后一刻，扮了一角什么样稀奇角色！不嫌脏，不怕静，躺到这个地方，受济南市土制香烟缭绕的门外是一条热闹街市，恰如他诗句中的"听市谣围

/ 想念，往往不是刻意的 /

抱"，真是一件任何人也想象不及的事情。他是个不讨厌世界的人，他欢喜这世界上一切光与色。他欢喜各种热闹，现在却离开了这个热闹世界，向另一个寒冷宁静虚无里走去了。年纪还只三十六岁！由于停棺处空间有限，亲友只能分别轮流走近棺侧看看死者。

各人都在一分凄凉沉默里温习死者生前的声音与光彩，想说话说不出口。仿佛知道这件事得用着另一个中年工人来说话了，他一面把棺木盖挪拢一点，一面自言自语地说："死了，完了，你瞧他多安静。你难受，他并不难受。"接着且告给我们飞机堕地的形式，与死者躺在机中的情形。以及手臂断折的部分，腿膝断折的部分，胁下肋条骨断折的部分。原来这人就是随同陈先生去过出事地点装殓志摩的。志摩遗体的洗涤与整理皆由他一手处置。末了他且把一个小篮子里的一角残余的棉袍，一只血污泥泞透湿的袜子，送给我们看。据他说照情形算来，当飞机同山头一撞时，志摩大致即已死去，并不是撞伤后在痛苦中烧死的传闻，那是不可能的。

十一点听人说飞机骨架业已运到车站，转过车站去看飞机时，各处皆找不着，问车站中人也说不明白，因此又回头到福缘庵，前后在棺木前停下来约三个钟头。雨却越下越大，出庙时各人两脚都是从积水中通过的。

一个在铁路局做事朋友，把起运棺柩的篷车业已交涉停妥，上海来电又说下午五点志摩的儿子同他的亲戚张嘉铸可以赶到济南。上海来人若能及时赶到，棺柩就定于当天晚上十一点上车。

正当我们想过中国银行去找寻陈先生时，上海方面的来人已赶到福缘庵，朱经农夫妇也来了。陈先生也来了。烧了些冥楮①，各人谈了些关于志摩前几天离上海、南京时的种种，天夜下来了。我们各个这时才记起已一整天还不曾吃饭的事情，被邀到一个馆子去吃饭，做东的是济南中国银行行长某先生。吃过了饭，另一方面起柩上车的来报告人案业已准备完全。我同北平来的梁思成等三人急忙赶到车站上去等候，八点半钟棺柩上了车。这列车是十一点后方开行的。南行车上，伴了志摩向南的，有南京来的郭有守，上海来的张嘉铸和张慰慈同志摩的儿子徐积锴。从北平来的几个朋友留下在济南，还预备第二天过飞机出事地点看看的。我因为无相熟住处，当夜十点钟就上了回青岛的火车。

---

① 冥楮：纸钱。

/ 想念，往往不是刻意的 /

在站上，车辆同建筑，一切皆围裹在细雨湿雾里。这一次同志摩见面，真算是最后一次了。我的悲伤或者比其他朋友少一点，就只因为我见到的死亡太多了。我以为志摩智慧方面美丽放光处，死去了是不能再得的，固然十分可惜。但如他那种潇洒与宽容，不拘迂，不俗气，不小气，不势利，以及对于普遍人生万汇百物的热情，人格方面美丽放光处，他既然有许多朋友爱他崇敬他，这些人一定会把那种美丽人格移植到本人行为上来。

这些人理解志摩，哀悼志摩，且能学习志摩，一个志摩死去了，这世界不因此有更多的志摩了？

纪念志摩的唯一的方法，应当扩大我们个人的人格，对世界多一分宽容，多一分爱。

也就因为这点感觉，志摩死去了三年，我没有写过一句伤悼他的话。志摩人虽死去了，他的做人稀有的精神，应分能够长远活在他的朋友中间，起着良好的影响，我深深相信是必然的。

不毁灭的背影

"其为人也,温美如玉,外润而内贞。"

旧人称赞"君子"的话,用来形容一个现代人,或不免稍稍迂腐。因为现代是个粗犷、夸侈、褊私、疯狂的时代。艺术和人生,都必象征时代失去平衡的颠簸,方能吸引人视听。"君子"在这个时代虽稀有难得,也就像是不切现实。唯把这几句作为佩弦①先生身后的题词,或许比起别的称赞更恰当具体。佩弦先生人如其文,可爱可敬处即在凡事平易而近人情,拙诚中有妩媚,外随和而内耿介,这种人格或性格的混合,在做人方面比文章还重要。经传中称的圣贤,应当是个什么样子,话很难

---

① 佩弦:即朱自清(1898—1948),中国现代作家。

/ 想念，往往不是刻意的 /

说。但历史中所称许的纯粹君子，佩弦先生为人实已十分相近。

我认识佩弦先生和许多朋友一样，从读他的作品而起。先是读他的抒情长诗《毁灭》，其次读叙事散文《背影》。随即因教现代文学，有机会做进一步的读者。在诗歌散文方面，得把他的作品和俞平伯①先生成就并提，作为比较讨论，使我明白代表五四初期两个北方作家：平伯先生如代表才华，佩弦先生实代表至性，在当时为同样有情感且善于处理表现情感。

记得《毁灭》在《小说月报》发表时，一般读者反映，都觉得是新诗空前的力作，文学研究会同人也推许备至。唯从现代散文发展看全局，佩弦先生的叙事散文，能守住文学革命原则，文字明朗、素朴、亲切，且能把握住当时社会问题一面，贡献特别大，影响特别深。从民九起，国家教育设计，即已承认中小学国文读本，必用现代语文作品。因此梁任公②、陈独秀、胡适之、朱经农、陶孟和③……诸先生在理论问题文中，

---

① 俞平伯（1900—1990）：原名俞铭衡，字平伯。散文家、红学家、现代诗人。

② 梁任公：即梁启超（1873—1929）。中国近代思想家、政治家、教育家，戊戌变法领袖之一，中国近代维新派代表人物。

③ 陶孟和（1887—1960）：原名履恭。社会学家。祖籍浙江绍兴，曾担任中国科学院副院长。

占了教科书重要部分。然对于生命在发展成长的青年学生，情感方面的启发与教育，意义最深刻的，却应数冰心女士的散文，叶圣陶、鲁迅先生的小说，丁西林①先生的独幕剧，朱孟实先生的论文学与人生信札，和佩弦先生的叙事抒情散文。

在文学运动理论上，近二十年来有不断修正，语不离宗，"普及"和"通俗"目标实属问题核心。真能理解问题的重要性，又能把握题旨，从作品上加以试验、证实，且得到持久性成就的，少数作家中，佩弦先生的工作，可算得出类拔萃。求通俗与普及，国语文学文字理想的标准，是经济、准确和明朗，佩弦先生都若在不甚费力情形中运用自如，而得到极佳成果。一个伟大作家最基本的表现力，是用那个经济、准确、明朗文字叙事，这也就恰是近三十年有创造欲，新作家待培养、待注意、又照例疏忽了的一点。正如作家的为人，伟大本与素朴不可分。

一个作家的伟大处，"常人品性"比"英雄气质"实更重要。但是在一般人习惯前，却常常只注意到那个英雄气质而忽略了近乎人情的厚重质实品性。提到这一点时，更让我们想起

---

① 丁西林（1893—1974）：中国剧作家、物理学家、社会活动家。

/ 想念,往往不是刻意的 /

"佩弦先生的死去,不仅在文学方面损失重大,在文学教育方面损失更为重大";冯友兰[1]先生在棺木前说的几句话,十分沉痛。因为冯先生明白"教育"与"文运"同样实离不了"人",必以人为本。文运的开辟荒芜,少不了一二冲锋陷阵的斗士,抚育生长,即必需一大群有耐心和韧性的人来从事。文学教育则更需要能持久以恒、兼容并包的人主持,才可望工作发扬光大。佩弦先生伟大得平凡,从教育看远景,是唯有将这种平凡做成一道新旧的桥梁,才能影响深远的。

我认识佩弦先生本人时间较晚,还是民十九以后事。直到民二十三,才同在一个组织里编辑中小学教科书,隔二三天有机会在一处商量文字,斟酌取舍。又同为一副刊一月刊编委,每两星期必可集会一次,直到抗战为止。西南联大时代,虽同在一系八年,因家在乡下,除每星期上课有二三次碰头,反而不易见面。有关共事同处的愉快印象,照我私意说来,潘光旦[2]、冯芝生[3]、杨今甫、俞平伯四先生,必能有纪念文章写得更

---

[1] 冯友兰(1895—1990):中国当代著名哲学家、教育家。著有《中国哲学史》《中国哲学简史》等。

[2] 潘光旦(1899—1967):江苏人,社会学家、优生学家、民族学家,和叶企孙、陈寅恪、梅贻琦并称为"清华百年历史四大哲人"。

[3] 冯芝生:即上文中提到的冯友兰。

亲切感人。四位的叙述，都可作佩弦先生传记重要参考资料。我能说的印象，却将用本文起始十余字概括。

一个写小说的人，对人特别看重性格。外表、轮廓、线条与人不同处何在，并不重要。最可贵的是品性的本质，与心智的爱恶取舍方式。我觉得佩弦先生性格最特别处，是拙诚中的妩媚，即调和那点"外润而内贞"形成的趣味和爱好。他对事，对人，对文章，都有他自己意见，见得凡事和而不同，然而差别可能极小。他也有些小小弱点，即调和折中性，用到文学方面时，比如说用到鉴赏批评方面，便永远具教学上的见解，少独具肯定性。用到古典研究方面，便缺少专断议论，无创见创获。即用到文学写作，作风亦不免容易凝固于一定风格上，三十年少变化，少新意。但这一切又似乎和他三十年主持文学教育有关。

在清华、联大"委员制"习惯下任事太久，对所主持的一部门事务，必调和折中方能进行，因之对个人工作为损失，对公家贡献就更多。熟人记忆中如尚记得联大时代常有人因同开一课，各不相下，僵持如摆擂台局面，就必然会觉得佩弦先生的折中无我处，如何难能可贵！又良好教师和文学批评家，有个根本不同点：批评家不妨处处有我，良好教师却要客观，要

/ 想念，往往不是刻意的 /

承认价值上的相对性、多元性。陈寅恪①、刘叔雅②先生的专门研究，和最新创作上的试验成就，佩弦先生都同样尊重，而又出于衷心。一个大学国文系主任，这种认识很显然是能将新旧连接文化活用引导所主持一部门工作，到一个更新发展趋势上的。中国各大学的国文系，若还需要办下去，佩弦先生这点精神，这点认识，实值得特别注意，且值得当成一个永久向前的方针。

凡讨论现代中国文学过去得失的，总感觉到有一点困难，即顾此失彼。时间虽仅短短三十年，材料已留下一大堆。民二十四年良友图书公司主持人赵家璧先生，印行新文学大系，欲克服这种困难和毛病，因商量南北熟人用分门负责制编选。或用团体作单位，或用类别作单位。最难选辑的是新诗。佩弦先生担任了这个工作，却又用的是那个客观而折中的态度，不仅将各方面作品都注意到，即对于批评印象，也采用了一个

---

① 陈寅恪（1890—1969）：中国现代集历史学家、古典文学研究家、语言学家、诗人于一身的人物。著有《唐代政治史述论稿》《柳如是别传》等。出身名门（其父陈三立是"清末四公子"之一，祖父曾任湖南巡抚，夫人唐筼是台湾巡抚唐景崧的孙女），而又学识过人，在清华被称作"公子的公子，教授之教授"。

② 刘叔雅（1889—1958）：中国现代杰出的文史大师、校勘学大师与研究庄子的专家。著有《淮南鸿烈集解》《庄子补正》等。

"新诗话"制度辑取了许多不同意见。因之成为谈新诗一本最合理想的参考读物,且足为新文学选本取法。

佩弦先生的《背影》,是近二十五年国内年青学生最熟习的作品。佩弦先生的土耳其式毡帽和灰棉袍,也是西南联大同人记忆最深刻的东西。但这两种东西必需加在一个瘦小横横的身架上,才见出分量———一种悲哀的分量!这个影子在我记忆中,是从二十三年在北平西斜街四十五号杨宅起始,到"八一三"共同逃难天津,又从长沙临时大学饭厅中,转到昆明青云街四眼井二号,北门街唐家花园清华宿舍一个统舱式楼上。到这时,佩弦先生身边还多了一件东西,即云南特制的硬质灰白羊毛毡。(这东西和潘光旦先生鹿皮背甲,照老式制法上面还带点毛,冯友兰先生的黄布印八卦包袱,为本地孩子辟邪驱灾用的,可称联大三绝。)这毛毡是西南夷时代的氆氇①,用来裹身,平时可避风雨,战时能防刀箭,下山时滚转而下还不至于刺伤四肢。

昆明气候本来不太热太冷,用不着厚重被盖,佩弦先生不知从何时起床上却有了那么一片毛毡。因为他的病,有两回我去送他药,正值午睡方醒,却看到他从那片毛毡中挣扎而出,心中就

---

① 氆氇:是藏族人民手工生产的一种毛织品,可以做衣服、床毯等。

/ 想念，往往不是刻意的 /

觉得有种悲戚。想象他躺在硬板床上，用那片粗毛毡盖住胸腹午睡情形，一定更凄惨。那时节他即已常因胃病，不能饮食，但是家小还在成都，无人照顾，每天除了吃宿舍集团粗粝包饭，至多只能在床头前小小书桌上煮点牛奶吃吃。那间统舱式的旧楼房，一共住了八个单身教授，同是清华二十年同事老友，大家日子过得够寒碜，还是有说有笑，客人来时，间或还可享用点烟茶。但对于一个体力不济的病人，持久下去，消耗情形也就可想而知。房子还坍过一次墙，似在东边，佩弦先生幸好住在北端。

楼房对面是个小戏台，戏台已改作过道，过道顶上还有个小阁楼，住了美籍教授温特。阁楼梯子特别狭小曲折，上下都得一再翻转身体，大个子简直无希望上下。上面因陋就简，书籍、画片、收音机、话匣子，以及一些东南亚精巧工艺美术品，墙角梁柱凡可以搁东西处无不搁得满满的。屋顶窗外还特制个一尺宽五尺长木槽，种满了中西不同的草花。房中还有只好事喜弄的小花猫，各处跳跃，客人来时，尤其欢喜和客人戏闹。二丈见方的小阁楼，恰恰如一个中西文化美术动植物罐头，不仅可发现一民族一区域热情和梦想，痛苦或欢乐的式式样样，还可欣赏终日接受阳光生意盎然的花草，陶融于其中的一个老人，一只小猫。佩弦先生住处一面和温特教授小楼相对，另一面有两个窗口，又恰当去唐家花园拜墓看花行人道的斜坡，窗外有一簇绿荫荫的树木，和一点芭蕉一点细叶紫干竹子。有时还可看到斜坡边栏干砖柱上一盆云南大雪山种华美杜鹃和白山茶，花开得十分茂盛，寂静中微见凄凉，雨来时风起处一定能送到房中一点簌簌声和淡淡清远香味。

那座戏楼，那个花园，在民初元恰是三十岁即开府西南，统领群雄，反对帝制，五省盟主唐继尧将军的私产。蔡松坡、梁任公，均曾下榻其中。迎宾招贤，举觞称寿，以及酒后歌余，月下花前散步赋诗，东大陆主人的豪情胜慨，历史上动人情景，犹恍惚如在目前。然前后不过十余年，主要建筑即早已赁作美领事馆办公处，终日只闻打字机和无线电收音机声音。戏楼正厅及两厢，竟成为数十单身流亡教授暂时的栖身处，池子中一张长旧餐桌上放了几份报，一个不美观破花瓶，破烂萧条恰像是一个旧戏院的后台。戏台阁楼还放下那么一个"鸡尾"式文化罐头。花园中虽经常尚有一二十老花匠照料，把园中花木收拾得很好，花园中一所房子中，小主人间或还在搁有印缅总督，边疆土司，及当时权要所送的象牙铜玉祝寿礼物堆积的客厅中，款待客人，举行小规模酒筵舞会，有乐声歌声和行酒欢呼笑语声从楼窗溢出，打破长年的寂静。每逢云南起义

/ 想念，往往不是刻意的 /

日，且照例开放墓园，供市民参观拜谒。凡此都不免更使人感到"一切无常，一切也就是真正历史"。这历史，照例虽存在却不曾保留下来，保留下来的倒常常是"不见马家宅，今作奉诚园"诗人黍离的感慨！就在那么一种情形下，《毁灭》与《背影》作者，站在住处窗口边，没有散文没有诗，默默地过了六年。这种午睡刚醒或黄昏前后镶嵌到绿荫荫窗口边憔悴清瘦的影子，在同住七个老同事记忆中，一定终生不易消失。

在那个住处窗口边，佩弦先生可能会想到传道书所谓"一切虚空"。也可能体味到庄子名言："大块赋我以形，劳我以生，佚我以老，息我以死。"因为从所知道的朋友说来，他实在太累了，体力到那个时候，即已消耗得差不多了。佩弦先生本来还并未老，精神上近年来且表现得十分年青。但是在公家职务上，和家庭担负上，始终劳而不佚，得不到一点应有的从容，就因劳而病死了。

广济寺下院砖塔顶扬起的青烟，这两天可能已经熄灭了。能毁灭的已完全毁灭。但是佩弦先生的人与文，却必然活在许多人生命中，比云南唐府那座用大理石砌就的大坟还坚实永久。

八月十九日西郊

悼　靳　以[①]

得到靳以逝世的消息，正和去年得到郑西谛[②]同志逝世的消息一样，一面感到沉痛，一面还希望消息是误传。因为两个老友，都正当年富力强、精神饱满、热爱生活、热爱新社会，正当为人民事业献身大有可为的时候，不可能忽然死去的！月前有熟人过上海时，只听说靳以因工作劳累，心脏出了毛病，曾一度昏迷，入了医院。在病院中，谈起我们一代一定可以看

---

① 靳以（1909—1959）：现代著名作家，原名章方叙，天津人。曾任人大代表，中国作家协会理事、书记处书记，作协上海分会副主席等职。1959年因心脏病发作逝世，享年五十岁。

② 郑西谛：即郑振铎（1898—1958），中国现代作家，文学史家。1958年出访阿富汗等国，途中飞机失事遇难。

/ 想念，往往不是刻意的 /

到社会主义的建成，情绪还十分乐观。《人民文学》十一月号发表的《跟着老马转》是他最后一个作品，为劳动英雄作的画像，还充满了爱和热情。这里朋友为他的忘我工作深受感动，正一再去信劝他注意健康，不意消息传来，还是由于风湿性的心脏病猝发，终成古人，致使文学创作队伍少了一位好战士，朋友中失去一个真挚坦率、热情洋溢、永远能给人以鼓舞的友人，真是不可弥补的损失。

我和靳以认识已有三十多年，那时同在上海，见面还并不多。一九三三年我从青岛回转北平时，他不久也来到了北平，和巴金、曹禺、之琳①等同住在北海前边三座门七号一所房子里。常到那里去的客人，记得有何其芳②、李广田③、方敬④、曹葆华⑤等。因为同在编辑文学刊物，彼此组稿换稿常有联系，我们见面机会也多了些。

---

① 之琳：即卞之琳（1910—2000），诗人、文学评论家、翻译家。
② 何其芳（1912—1977）：中国著名诗人、散文家、文学评论家，"红学"理论家。
③ 李广田（1906—1968）：散文家。号洗岑，和卞之琳、何其芳一起被称为"汉园三诗人"。
④ 方敬（1914—1996）：诗人、散文家、文学翻译家。
⑤ 曹葆华（1906—1978）：诗人，出版了《寄诗魂》《落日颂》等诗集。

靳以和巴金、西谛同编《文学季刊》,实际上组稿阅稿和出版发行方面办交涉,负具体责任的多是靳以。刊物能继续下去,按期出版,分布到全国读者面前,真不是简单工作!因为那么厚厚的一本文学杂志,单是看稿、改稿、编排、校对,工作量就相当沉重!靳以做来倒仿佛凡事成竹在胸,游刃有余,远客来时,还能陪上公园喝喝茶,过小馆子吃个便饭,再听听刘宝全①大鼓。曹禺最早几个剧本,就是先在《文学季刊》发表,后来才单独印行的。

当时一些年轻作家,特别是一部分左翼作家,不少作品是通过这个刊物和全国读者见面的。靳以那时还极年轻,为人特别坦率,重友情,是非爱憎分明,既反映到他个人充满青春活力的作品中,也同时反映到他编辑刊物、团结作家的工作里。他本人早期作品,情感还比较脆弱,社会接触面也比较窄,对于革命未来,还缺少坚定明确的信仰。然而刊物的总精神,却是对旧社会和当时腐败无能、贪污媚外的国民党政权采取决不妥协的态度的。日本帝国主义者侵略东北不久,得寸进尺,使得华北局势进一步紧张后,刊物迁往上海出版,当时在党的抗

---

① 刘宝全(1869—1942):京韵大鼓演员,刘派京韵大鼓创始人。

/ 想念，往往不是刻意的 /

日民族统一战线的号召影响下，团结作家抗战救亡的旗帜因此也更加鲜明。

抗日战事发展，平津沪宁相继沦陷，国内大多数作家，除一部分直往延安或参军外，大都到了西南后方，比较集中在四川、云南、广西三个地区。靳以在迁川的复旦大学国文系任教职。眼见到皖南事变，国民党破坏抗日统一战线，以四大家族控制下的腐败政权，对抗战越来越取的是投降主义，前方战士浴血，后方人民死亡流离。官僚却堕落无耻，特务横行，对进步知识分子所采取的残暴压迫手段，加上四川本地军阀、地主、流氓会道门①三者结合起来的封建特权，对人民的无情剥削越来越残酷，靳以由于日益和进步思想接近，思想感情逐渐起了变化，日益靠近党，而且在作品中加以反映。复员回到上海后，依旧在复旦主持国文系。当时正是回光返照的蒋介石政权疯狂迫害进步人士，全国民主和平运动遭受严重挫折时，靳以在上海和当时文学教育界进步知识分子取得密切联系，在党的领导下，做着反帝反蒋的民主活动。

全国解放，人民政府成立后，国家进入一个崭新的历史时

---

① 会道门：会门和道门的合称，旧时某些封建迷信的组织。

期，文学艺术也进入一个崭新的历史时期，为体现毛主席延安文艺座谈会讲话所指示原则：文艺必须面向工农兵，为无产阶级政治服务。全国文学艺术家都热烈响应这一伟大号召，勇敢坚决投入革命洪炉中，参加到土改、三反五反、抗美援朝、思想改造等等轰轰烈烈的运动中。靳以在近十年这个重要历史进程中，每一运动都站在前列，不断得到党的教育和帮助，思想认识也因之不断在发展，工作也越来越踏实。解放十年来，他因主持上海作协分会工作，又编辑《收获》，常来北京。我因事过南方都有机会见到他，谈谈各方面工作情形，从他的作品和谈话中，总使我觉得他生命越来越充实。他常常下乡下厂接触工农业建设中新景象，写了不少反映祖国新人新事的作品。一九五六年访苏回来后，还写了许多好游记，反映苏联文化建设新面貌，给国内读者以极大鼓舞和深刻印象。

去年以来，常因病，已经医生劝告必需适当休息，但由于眼见耳闻国家新面貌，无事不令人兴奋，稍好些就又热情饱满写了许多歌颂人民和时代的新作品，一面反映伟大祖国新气象，一面也反映靳以同志本人在党的教育下正和近年许多进步知识分子一样，不断地在改造自己，共产主义思想认识日益坚定明确。所以今年夏天报上刊载靳以入党时，朋友多认为十分

/ 想念，往往不是刻意的 /

自然。靳以生命进入一个新的阶段，今后必将可得到党和群众进一步帮助教育，为无产阶级领导的人类壮丽事业，为新的文学艺术，对人民做出更多更重要的贡献。不意在刚刚庆祝建国十年大节后不多久，以五十岁的盛年，即因旧病骤发，终于忽而逝世。

靳以虽死而不死，因为他笔下和千百作家笔下所歌颂的人民英雄，正以无比英勇劳动，在为建设祖国继续前进。而且这种人民英雄，还正随同万千种更新的事业不断地在出现、成长，在任何生产部门中，前些日子认为是英雄业绩的，明日就有可能将成为一个普通公民努力的标准。新社会的奇迹，也和原子分裂一样，在迅速增加。由于党在用马克思列宁主义、毛泽东思想领导六亿人民建设伟大祖国，驾驭钢铁，征服自然，首先就是注重人的改造，而人是能够改造的，靳以同志一生的发展就是一个最好的证明。

靳以并没有死。靳以对于文学工作的热情，对于人民事业的热情，必然会在朋友中和各方面都将留着长远的影响！

一九五九年十月八日夜写于北京

友　情

　　一九八〇年十一月，我初次到美国哥伦比亚大学一个小型的演讲会讲话后，就向一位教授打听在哥大教中文多年的老友王际真[①]先生的情况，很想去看看他。际真曾主持哥大中文系达二十年，那个系的基础，原是由他奠定的。即以《红楼梦》一书研究而言，他就是把这部十八世纪中国著名小说节译本介绍给美国读者的第一人。人家告诉我，他已退休二十年了，独自一人住在大学附近一个退休教授公寓三楼中。后来又听另外人说，他的妻不幸早逝，因此人很孤僻，长年把自己关在寓所

[①] 王际真（1899—2001）：字稚臣，著名的翻译家，除翻译《红楼梦》外，他还翻译了名著《醒世姻缘传》《吕氏春秋》等古代典籍，也翻译过沈从文的《龙朱》等小说。

/ 想念，往往不是刻意的 /

楼上，既极少出门见人，也从不接受任何人的拜访，是个古怪老人。

我和际真认识，是在一九二八年。那年他由美返国，将回山东探亲，路过上海，由徐志摩先生介绍我们认识的。此后曾继续通信。我每次出了新书，就给他寄一本去。我不识英语，当时寄信用的信封，全部是他写好从美国寄我的。一九二九到一九三一年间，我和一个朋友生活上遭到意外困难时，还前后得到他不少帮助。际真长我六七岁，我们一别五十余年，真想看看这位老大哥，同他叙叙半世纪隔离彼此不同的情况。因此回到新港我姨妹家不久，就给他写了封信，说我这次到美国，很希望见到几个多年不见的旧友，如邓嗣禹[①]、房兆楹[②]和他本人，准备去纽约专诚拜访。

回信说，在报上已见到我来美消息。目前彼此都老了，丑了，为保有过去年青时节印象，不见面还好些。果然有些古

[①] 邓嗣禹（1905—1985）：历史学家，1932年燕京大学毕业后，留学哈佛大学，与林语堂、陈寅恪等同为哈佛燕京学社成员，师从著名汉学家费正清先生，于1942年获博士学位，后长期任教于美国印第安纳大学，并被哈佛等名校聘为客座教授。
[②] 房兆楹（1908—1985）：是国际知名的中国史专家，研究领域侧重于明清史和中国近代史。

怪。但我想，际真长期过着极端孤寂的生活，是不是有一般人难于理解的隐衷？且一般人所谓"怪"，或许倒正是目下认为活得"健康正常人"中业已消失无余的稀有难得的品质。

虽然回信像并不乐意和我们见面，我们——兆和[①]、充和[②]、傅汉思[③]和我，曾两次电话相约两度按时到他家拜访。

第一次一到他家，兆和、充和即刻就在厨房忙起来了。尽管他连连声称厨房不许外人插手，还是为他把一切洗得干干净净。到把我们带来的午饭安排上桌时，他却承认做得很好。他已经八十五六岁了，身体精神看来还不错。我们随便谈下去，谈得很愉快。他仍然保有山东人那种爽直淳厚气质。使我惊讶的是，他竟忽然从抽屉里取出我的两本旧作，《鸭子》和《神巫之爱》！那是我二十年代中早期习作，《鸭子》还是我出的第一

[①] 兆和：即张兆和（1910—2003），本书作者沈从文之妻，现代作家，著有短篇小说集《湖畔》《从文家书》等。

[②] 充和：即张充和（1914—2015），和三姐张兆和同为"合肥四姐妹"（另外二人为大姐元和、二姐允和）。张充和在1949年随夫君（傅汉思）赴美后，五十多年来，在哈佛、耶鲁等二十多所大学执教，传授书法和昆曲，被誉为"民国闺秀""最后的才女"。

[③] 傅汉思（1916—2003）：德裔美国籍犹太人，著名汉学家，娶"合肥四姐妹"之一的张充和为妻，与周有光、沈从文为连襟。

/ 想念，往往不是刻意的 /

个综合性集子。这两本早年旧作，不仅北京、上海旧书店已多年绝迹，连香港翻印本也不曾见到。书已经破旧不堪，封面脱落了，由于年代过久，书页变黄了，脆了，翻动时，碎片碎屑直往下掉。可是，能在万里之外的美国，见到自己早年不成熟不像样子的作品，还被一个古怪老人保存到现在，这是难以理解的，这感情是深刻动人的！

谈了一会儿，他忽然又从什么地方取出一束信来，那是我在一九二八到一九三一年写给他的。翻阅这些五十年前的旧信，它们把我带回到二十年代末期那段岁月里，令人十分怅惘。其中一页最最简短的，便是这封我向他报告志摩遇难的信：

际真：

　　志摩十一月十九日十一点三十五分乘飞机撞死于济南附近"开山"。飞机随即焚烧，故二司机成焦炭。志摩衣已尽焚去，全身颜色尚如生人，头部一大洞，左臂折断，左腿折碎，照情形看来，当系飞机坠地前人即已毙命。二十一此间接到电后，二十二我赶到济南，见其破碎遗骸，停于一小庙中。时尚有梁思成等从北平赶来，张嘉铸从上海赶来，郭有守从南京赶来。二十二晚棺木运南京转上海，或者尚葬他家乡。我现在刚从济南回来，时一九三一年十一月二十三早晨。

那是我从济南刚刚回青岛，即刻给他写的。志摩先生是我们友谊的桥梁，纵然是痛剜人心的噩耗，我不能不及时告诉他。

如今这个才气横溢、光芒四射的诗人辞世整整有了五十年。当时一切情形，保留在我印象中还极其清楚。

那时我正在青岛大学中文系教点书。十一月二十一日下午，文学院几个比较相熟的朋友，正在校长杨振声[①]先生家吃茶谈天，忽然接到北平一个急电。电中只说志摩在济南不幸遇难，北平、南京、上海亲友某某将于二十二日在济南齐鲁大学朱经农校长处会齐。电报来得过于突兀，人人无不感到惊愕。我当时表示，想搭夜车去济南看看，大家认为很好。第二天一早车抵济南，我赶到齐鲁大学，由北平赶来的张奚若、金岳

---

① 杨振声（1890—1956）：字今甫，亦作金甫，笔名希声，山东蓬莱（今蓬莱市）水城村人。现代著名教育家、作家、教授，曾任国立青岛大学（今山东大学）校长。

119

/ 想念,往往不是刻意的 /

霖、梁思成诸先生也刚好到达。过不多久又见到上海来的张嘉铸先生和穿了一身孝服的志摩先生的长子,以及从南京来的张慰慈、郭有守两先生。

随即听到受上海方面嘱托为志摩先生料理丧事的陈先生谈遇难经过,才明白出事地点叫"开山",本地人叫"白马山"。山高不会过一百米。京浦车从山下经过,有个小站可不停车。飞机是每天飞行的邮航班机,平时不售客票,但后舱邮包间空处,有特别票仍可带一人。那日由南京起飞时气候正常,因济南附近大雾迷途,无从下降,在市空盘旋多时,最后撞在白马山半斜坡上起火焚烧。消息到达南京邮航总局,才知道志摩先生正在机上。灵柩暂停城里一个小庙中。

早饭后,大家就去城里偏街瞻看志摩先生遗容。那天正值落雨,雨渐落渐大,到达小庙时,附近地面已全是泥浆。原来这停灵小庙,已成为个出售日用陶器的堆店。院坪中分门别类搁满了大大小小的缸、罐、砂锅和土碗,堆叠得高可齐人。庙里面也满是较小的坛坛罐罐。棺木停放在入门左侧贴墙处,像是临时腾出来的一点空间,只容三五人在棺边周旋。

志摩先生已换上济南市面所能得到的一套上等寿衣:戴了顶瓜皮小帽,穿了件浅蓝色绸袍,外加个黑纱马褂,脚下是一双粉底黑色云头如意寿字鞋。遗容见不出痛苦痕迹，如平常熟睡时情形，十分安详。致命伤显然是飞机触山那一刹那间促成的。从北平来的朋友，带来个用铁树叶编成径尺大小花圈，如古希腊雕刻中常见的式样，一望而知必出于志摩先生生前好友思成夫妇之手。把花圈安置在棺盖上，朋友们不禁想到，平时生龙活虎般、天真纯厚、才华惊世的一代诗人，竟真如"为天所忌"，和拜伦、雪莱命运相似，仅只在人世间活了三十多个年头，就突然在一次偶然事故中与世长辞！志摩穿了这么一身与平时性情爱好全然不相称的衣服，独自静悄悄躺在小庙一角，让檐前点点滴滴愁人的雨声相伴，看到这种凄清寂寞景象，在场亲友忍不住人人热泪盈眶。

我是个从小遭受至亲好友突然死亡比许多人更多的人，经受过多种多样城里人从来想象不到的噩梦般生活考验，我照例从一种沉默中接受现实。当时年龄不到三十岁，生命中像有种青春火焰在燃烧，工作时从不知道什么疲倦。志摩先生突然的死亡，深一层体验到生命的脆弱倏忽，自然使我感到分外沉重。觉得相熟不过五六年的志摩先生，对我工作的鼓励和赞赏所产生的深刻作用，再无一个别的师友能够代替，因此当时显得格外沉默，始终不说一句话。后来也从不写过什么带感情的

/ 想念，往往不是刻意的 /

悼念文章。只希望把他对我的一切好意热忱，反映到今后工作中，成为一个永久牢靠的支柱，在任何困难情况下，都不灰心丧气。对人对事的态度，也能把志摩先生为人的热忱坦白和平等待人的稀有好处，加以转化扩大到各方面去，形成长远持久的影响。因为我深深相信，在任何一种社会中，这种对人坦白无私的关心友情，都能产生良好作用，从而鼓舞人抵抗困难，克服困难，具有向上向前意义的。我近五十年的工作，从不断探索中所得的点滴进展，显然无例外都可说是这些朋友纯厚真挚友情光辉的反映。

人的生命会忽然泯灭，而纯挚无私的友情却长远坚固永在，且无疑能持久延续，能发展扩大。

一九八一年八月北京作

第 3 章

心中最难割舍,
是那一抹湘情

现在还有许多人生活在那城市里,我却常常生活在那个小城过去给我的印象里。

我所生长的地方

拿起我这支笔来,想写点我在这地面上二十年所过的日子,所见的人物,所听的声音,所嗅的气味,也就是说我真真实实所受的人生教育,首先提到一个我从那儿生长的边疆僻地小城时,实在不知道怎样来着手就较方便些。我应当照城市中人的口吻来说,这真是一个古怪地方!只由于两百年前满族人治理中国土地时,为镇抚与虐杀残余苗族,派遣了一队戍卒屯丁驻扎,方有了城堡与居民。这古怪地方的成立与一切过去,有一部《苗防备览》[①]记载了些官方文件,但那只是一部枯燥无

[①] 《苗防备览》:清严如煜编撰,共二十二卷。内容记载湘西及贵州铜仁、松桃,四川秀山一带的山川、险要、道路、民俗、兵谋、营制和当地少数民族的有关文献等。

\ 心中最难割舍，是那一抹湘情 \

味的官书。我想把我一篇作品①里所简单描绘过的那个小城，介绍到这里来。这虽然只是一个轮廓，但那地方一切情景，欲浮凸起来，仿佛用手去摸触。

一个好事人，若从二百年前某种较旧一点的地图上去寻找，当可在黔北、川东、湘西一处极偏僻的角隅上，发现了一个名为"镇筸"②的小点。那里同别的小点一样，事实上应当有一个城市，在那城市中，安顿下三五千人口。不过一切城市的存在，大部分都在交通、物产、经济活动情形下面，成为那个城市枯荣的因缘，这一个地方，却以另外一个意义无所依附而独立存在。试将那个用粗糙而坚实巨大石头砌成的圆城作为中心，向四方展开，围绕了这边疆僻地的孤城，有五百左右的碉堡，二百左右的营汛。碉堡各用大石块堆成，位置在山顶头，随了山岭脉络蜿蜒各处走去；营汛各位置在驿路上，

---

① 此处指沈从文的小说《凤子》。
② 镇筸（gān）：今湘西凤凰县县城。

/ 想念，往往不是刻意的 /

布置得极有秩序。这些东西在一百八十年前，是按照一种精密的计划，各保持相当距离，在周围数百里内，平均分配下来，解决了退守一隅常作"蠢动"的边苗"叛变"的。两世纪来清朝的暴政，以及因这暴政而引起的反抗，血染红了每一条官路同每一个碉堡。到如今，一切完事了，碉堡多数业已毁掉了，营汛多数成为民房了，人民已大半同化了。落日黄昏时节，站到那个巍然独在万山环绕的孤城高处，眺望那些远近残毁碉堡，还可依稀想见当时角鼓火炬传警告急的光景。这地方到今日，已因为变成另外一种军事重心，一切皆用一种迅速的姿势在改变，在进步，同时这种进步，也就正消灭到过去一切。

凡有机会追随了屈原溯江而行那条长年澄清的沅水，向上游去的旅客和商人，若打量由陆路入黔入川，不经古夜郎国，不经永顺、龙山，都应当明白"镇筸"是个可以安顿他的行李最可靠也最舒服的地方。那里土匪的名称不习惯于一般人的耳朵。兵卒纯善如平民，与人无侮无扰。农民勇敢而安分，且莫不敬神守法。商人各负担了花纱同货物，洒脱地向深山中村庄走去，同平民做有无交易，谋取什一之利①。地方统治者分数种：最上为天神，其次为官，又其次才为村长同执行巫术的神的侍奉者。人人洁身信神，守法爱官。每家俱有兵役，可按月各自到营上领取一点银子，一份米粮，且可从官家领取二百年前被政府所没收的公田耕耨播种。城中人每年各按照家中有无，到天王庙去杀猪，宰羊，磔狗，献鸡，献鱼，求神保佑五谷的繁殖，六畜的兴旺，儿女的长成，以及做疾病婚丧的禳解②。人人皆依本分担负官府所分派的捐款，又自动地捐钱与庙祝或单独执行巫术者。一切事保持一种淳朴习惯，遵从古礼；春秋二季农事起始与结束时，照例有老年人向各处人家敛钱，给社稷神唱木傀儡戏。旱暵祈雨，便有小孩子共同抬了活狗，带上柳条，或扎成草龙各处走去。春天常有春官，穿黄衣各处念农事歌词。岁暮年末居民便装饰红衣傩神于家中正屋，

---

① 什一之利：原指从十份中抽取一份利润，现多泛指商人得到的利润。
② 禳解：指向神祈求解除灾祸。

/ 想念，往往不是刻意的 /

捶大鼓如雷鸣，苗巫穿鲜红如血衣服，吹镂银牛角，拿铜刀，踊跃歌舞娱神。城中的住民，多当时派遣移来的戍卒屯丁，此外则有江西人在此卖布，福建人在此卖烟，广东人在此卖药。地方由少数读书人与多数军官，在政治上与婚姻上两面的结合，产生一个上层阶级，这阶级一方面用一种保守稳健的政策，长时期管理政治，一方面支配了大部分属于私有的土地；而这阶级的来源，却又仍然出于当年的戍卒屯丁，地方城外山坡上产桐树杉树，矿坑中有朱砂水银，松林里生菌子，山洞中多硝。城乡全不缺少勇敢忠诚适于理想的兵士，与温柔耐劳适于家庭的妇人。在军校阶级厨房中，出异常可口的菜饭；在伐树砍柴人口中，出热情优美的歌声。

地方东南四十里接近大河，一道河流肥沃了平衍的两岸，多米，多橘柚。西北二十里后，即已渐入高原，近抵苗乡，万山重叠。大小重叠的山中，大杉树以长年深绿逼人的颜色，蔓延各处。一道小河从高山绝涧中流出，汇集了万山细流，沿了两岸有杉树林的河沟奔驶而过，农民各就河边编缚竹子做成水车，引河中流水，灌溉高处的山田。河水长年清澈，其中多鳜鱼、鲫鱼、鲤鱼，大的比人脚板还大。河岸上那些人家里，常常可以见到白脸长身见人善作媚笑的女子。小河水流环绕"镇筸"北城下驶，到一百七十里后方汇入辰河，直抵洞庭。

这地方又名凤凰厅，到民国后便改成了县治，名凤凰县。辛亥革命后，湘西镇守使与辰沅道驻节在此地。地方居民不过五六千，驻防各处的正规兵士却有七千。由于环境的不同，直到现在其地绿营兵役制度尚保存不废，为中国绿营军制唯一残留之物。

我就生长到这样一个小城里，将近十五岁时方离开。出门两年半回过那小城一次以后，直到现在为止，那城门我还不再进去过。但那地方我是熟悉的。现在还有许多人生活在那城市里，我却常常生活在那个小城过去给我的印象里。

玫瑰与九妹

大哥从学堂归来时,手上拿了一大束有刺的青绿树枝。

"妈,我从萧家讨得玫瑰花来了。"

大哥高兴的神气,像捡得"八宝精"似的。

"不知大哥到哪个地方找得这些刺条子来,却还来扯谎妈是玫瑰花,"九妹说,"妈,你莫要信他话!"

"你不信不要紧。到明年四月间开出各种花时,我可不准你戴……还有好吃的玫瑰糖。"大哥见九妹不相信,故意这样逗她。说到玫瑰花时,又把手上那一束青绿刺条子举了一举——像大朵大朵的绯红玫瑰花已满缀在枝上,而立即就可以摘下来做玫瑰糖似的!

"谁稀罕你的,我顾自不会跑到三姨家去摘吗!妈,是吧？"

"是！我宝宝不有几多，会稀罕他的？"

妈虽说是顺到九妹的话，但这原是她要大哥到萧家讨的，是以又要我去帮大哥的忙："芸儿去帮大哥的忙，把那蓝花六角形钵子的鸡冠花拔出不要了，就用那四个钵子分栽。剩下的插到花坛海棠边去。"

大哥在九妹脸上轻轻地刮了一下，就走到院中去了。娇纵的小九妹气得两脚乱跳，非要走出去报复一下不可。但给妈扯住了。

"乖崽，让他一次就是了！我们夜里煮鸽子蛋吃，莫分他……那你打妈一下好吧。"

"妈讨厌！专卫护大哥！他有理无理打了人家一个耳巴子，难道就算了？"

妈把九妹正在眼睛角边干擦的小手放到自己脸上拍了几下，九妹又笑了。

大哥这一刮，自然是为的报复九妹多嘴的仇。

满院坝散着红墨色土砂，有些细小的红色曲蟮四处乱爬着。几只小鸡在那里用脚乱扒，赶了去又复拢来。大哥卷起两只衣袖筒，拿了外祖母剪麻绳那把方头大剪刀，把玫瑰枝条一律剪成一尺多长短。又把剪处各粘上一片糯泥巴,说是免得走气。

"老二,这一些是三种(大哥用手指点),这是红的,这是水红,这是大红,那种是白的。是栽成各自一钵好呢,还是混合起栽好——你说?"

"搭伙栽好玩点。开花时也必定更热闹有趣……大哥,怎么又不将那种黄色镶边的弄来呢?"

"那种难活,萧子敬说不容易插,到分株时答应分给我两钵……好,依你办,打伙儿栽好玩点。"

我们把钵子底各放了一片小瓦,才将新泥放下。大哥扶着枝条,待我把泥土堆到与钵口齐平时,大哥才敢松手,又用手筑实一下,洒了点水,然后放到花架子上去。

每钵的枝条均约有十根左右,花坛上,却只插了三根。

就中最关心花发育的自然要数大哥了。他时时去看视,间或又背到妈偷悄儿拔出钵中小的枝条来验看是否生了根须。

妈也能记到每早上拿着那把白铁喷壶去洒水。当小小的翠绿叶片从枝条上嫩杈丫间长出时,大家都觉得极高兴。

"妈,妈,玫瑰有许多苞了!有个大点的尖尖上已红。往天我们总不去注意过它,还以为今年不会开花呢。"

六弟发狂似的高兴，跑到妈床边来说。九妹还刚睡醒，正搂着妈手臂说笑，听见了，忙要挣着起来，催妈帮她穿衣。

她连袜子也不及穿，披着那一头黄发，便同六弟站在那蓝花钵子边旁数花苞了。

"妈，第一个钵子有七个，第二个钵子有二十几个，第三个钵子有十七个，第四个钵子有三个；六哥说第四个是不大向阳，但它叶子却又分外多分外绿。花坛上六哥不准我爬上去，他说有十几个。"

当妈为九妹在窗下梳理头上那一脑壳黄头发时，九妹便把刚才同六弟所数的花苞数目告妈。

没有作声的妈，大概又想到去年秋天栽花的大哥身上去了。

当第一朵水红的玫瑰在第二个钵子上开放时，九妹记着妈的教训，连洗衣的张嫂进屋时见到刚要想用手去抚摩一下，也为她"嗨！不准抓呀！张嫂"忙制止着了。以后花越开越多，九妹同六弟两人每早上都各争先起床跑到花钵边去数夜来新开的花朵有多少。九妹还时常一人站立在花钵边对着那深红浅红的花朵微笑，像花也正觑着她微笑的样子。

花坛上大概是土多一点罢。虽只三四个枝条，开的花却不

/ 想念，往往不是刻意的 /

次于钵头中的。并且花也似乎更大一点。不久，接近檐下那一钵子也开得满身满体了。而新的苞还是继续从各枝条嫩芽中茁壮。

屋里似乎比往年热闹一点。

凡到我家来玩的人，都说这花各种颜色开在一个钵子内，真是错杂得好看。同大姐同学的一些女学生到我家来看花时，也都夸奖这花有趣。三姨并且说，比她花园里的开得茂盛得远。

妈因为爱惜，从不忍摘一朵下来给人，因此，谢落了的，不久便都各于它的蒂上长了一个小绿果子。妈又要我写信去告在长沙读书的大哥，信封里九妹附上了十多片谢落下的玫瑰花瓣。

那年的玫瑰糖呢，还是九妹到三姨家里摘了一大篮单瓣玫瑰做的。

一九二五年十一月于北京窄而霉小斋

夜　　渔

这已是谷子上仓的时候了。

年成的丰收，把茂林家中似乎弄得格外热闹了一点。在一天夜饭桌上，坐着他四叔两口子，五叔两口子，姨婆，碧霞姑妈同小娥姑妈，以及他爹爹；他在姨婆与五婶之间坐着，穿着件紫色纺绸汗衫。中年妇人的姨婆，时时停了她的筷子为他扇背。茂儿小小的圆背膊已有了两团湿痕。

桌子上有一大钵鸡肉，一碗满是辣子拌着的牛肉，一碗南瓜，一碗酸粉辣子，一小碟酱油辣子；五叔正夹了一只鸡翅膀放到碟子里去。

"茂儿，今夜敢同我去守碾房吧？"

"去，去，我不怕！我敢！"

/ 想念，往往不是刻意的 /

他不待爹的许可就忙答应了。

爹刚放下碗，口里含着那支"京八寸"小潮丝烟管，呼地喷了一口烟气，不说什么。那烟气成一个小圈，往上面消失了。

他知道碾子上的床是在碾房楼上的，在近床边还有一个小小窗口。从窗口边可以见到村子里大院坝中那株夭矫矗立的大松树尖端，又可以见到田家寨那座灰色石碉楼。看牛的小张，原是住在碾房，会做打笼装套捕捉偷鸡的黄鼠狼，又曾用大茶树为他削成过一个两头尖的线子陀螺①。他刚才又还听到五叔说溪沟里有人放堰，碾坝上夜夜有鱼上罾了……所以提到碾房时，茂儿便非常高兴。

当五叔同他说到去守碾房时，他身子似乎早已在那飞转的磨石边站着了。

"五叔，那要什么时候才去呢？……我不要这个……吃了饭就去吧？"

他靠着桌边站着，低着头，一面把两只黑色筷子在那画有

---

① 线子陀螺：陀螺如竹木纺车所纺出的线绽，故名。

四个囍字的小红花碗里"要扬不紧"①的扒饭进口里去。左手边中年妇人的姨婆,捡了一个鸡肚子朝到他碗里一掼。

"茂儿,这个好呢。"

"我不要。那是碧霞姑妈洗的……不干净,还有——糠皮儿……"他说到糠字时,看了他爹一眼。

"你也是吃饱了!糠皮儿在哪里?……不要,就送给我吧。"

"真的,不要就送给你姑妈。我帮你泡汤吃。"五婶说。

茂儿把鸡肚子一扔丢到碧霞碗里去。他五婶却从他手里抢过碗去倒了大半碗鸡汤。但到后依然还是他姨婆为他把剩下的半碗饭吃完。

天上的彩霞,做出各样惊人的变化。满天通黄,像一块奇大无比的金黄锦缎;倏而又变成淡淡的银红色,稀薄到像一层蒙新娘子粉脸的面纱;倏而又成了许多碎锦似的杂色小片,随着淡宕的微风向天尽头跑去。

他们照往日样,各据着一条矮板凳,坐在院坝中说笑。

茂儿搬过自己那张小小竹椅子,紧紧地傍着五叔身边

---

① 要扬不紧:不专心,懒懒的,应快而慢。凤凰土语。

坐下。

"茂儿，来！让我帮你摩一下肚子——不然，半夜会又要嚷肚子痛。"

"不，我不胀！姨婆。"

"你看你那样子……不好好推一下，会伤食。"

"不得。（他又轻轻地挨五叔）五叔，我们去罢！不然夜了。"

"小孩子怎不听话？"

姨婆那副和气样子养成了他顽皮娇恣的性习；不管姨婆如何说法，他总不愿离开五叔身边。到后还是五叔用"你不听姨婆话就不同你往碾房……"为条件，他才忙跑到姨婆身边去。

"您要快一点！"

"噢！这才是乖崽！"姨婆看着茂儿胀得圆圆的像一面小鼓的肚子，用大指蘸着唾沫，在他肚皮上一推一赶，口里轻轻哼着："推食赶食……你自己瞧看，肚子胀到什么样子了，还说不要紧！……今夜太吃多了。推食赶食……莫挣！慌什么，再推几下就好了……推食赶食……"

"姨婆，算了吧！你那手指甲刮得人家肚皮痒痒的，怪难受。"她又把那左手留有一寸多长的灰色指甲翘起，他可不好再说话了。

院坝中坐着的人面目渐渐模糊，天空由曙光般淡白而进于黑暗……只日影没处剩下一撮深紫了。一切皆渐次消失在夜的帷幕下。

在四围如雨的虫声中，谈话的声音已抑下了许多了。

凉气逼人，微风拂面，这足以证明残暑已退，秋已将来到人间了。茂儿同他五叔，慢慢地在一带长蛇般黄土田塍上走着。在那远山脚边，黄昏的紫雾迷漫着，似乎雾的本身在流动又似乎将一切流动。天空的月还很小，敌不过它身前后左右的大星星光明。田塍两旁已割尽了禾苗的稻田里，还留着短短的白色根株。田中打禾后剩下的稻草，堆成大垛大垛，如同一间一间小屋。身前后左右一片繁密而细碎的虫声，如一队音乐师奏着庄严凄清的秋夜之曲。金铃子的"叮……"像小铜钲般清越，尤其使人沉醉。经行处，间或还听到路旁草间小生物的窸窣。

"五叔，路上莫有蛇吧？"

"怕什么。我可以为你捉一条来玩，它是不会咬人的。"

"那我又听说乌梢公同烙铁头（皆蛇名）一咬人便准毒死。

/ 想念，往往不是刻意的 /

这个小张以前曾同我说过。"

"这大路哪来乌梢公？你怕，我就背你走吧。"

他又伏在他五叔背上了。然而夜枭的喊声，时时像一个人在他背后咳嗽，依然使他不安。

"五叔，我来拿麻藁。你一只手背我，一只手又要打火把，实在不大方便。"他想若是拿着火把，则可高高举着，照烛一切。

"你莫拿，快要到了！"

耳朵中已听到碾房附近那个小水车咿咿呀呀的喊叫了。

碾房那一点小小红色灯火，已在眼前闪烁，不过，那灯光，还只是天边当头一颗小星星那么大小罢了！

转过了一个山嘴，溪水上流一里多路的溪岸通通出现在眼前了。足以令他惊呼喝嚷的是沿溪有无数萤火般似的小火星在闪动。隐约中更闻有人相互呼唤的声音。

"咦！五叔，这是怎么？"

"嗨！今夜他们又放鱼！我还不知道。若早点，我们可以叫小张把网去整一下，也好去打点鱼做早饭菜。"

……假使能够同到他们一起去溪里打鱼，左手高高地举着通明的葵藁或旧缆子做的火把，右手拿一面小网，或一把镰刀，或一个大篾鸡笼，腰下悬着一个鱼篓，裤脚扎得高高到大腿上头，在浅浅齐膝令人舒适的清流中，溯着溪来回走着，溅起水点到别个人头脸上时——或是遇到一尾大鲫鱼从手下逃脱时，那种"怎么的！……你为甚那么冒失慌张呢？""老大！得了，得了！……""啊呀，我的天！这么大！""要你莫慌，你偏偏不听话，看到进了网又让它跑脱了……"带有吃惊，高兴，怨同伴不经心的嚷声，真是多么热闹（多么有趣）的玩意事啊！……

茂儿想到这里，心已略略有点动了。

"那我们这时要小张转家去取网不行吗？"

"算了！网是在楼上，很难齮①并且有好几处要补半天才行。"五叔说，"左右他们上头一放堰坝时，罾上也会有鱼的。我们就守着罾罢。"

关于照鱼的事，五叔似乎并不以为有什么趣味，这很令不知事的茂儿觉得希奇。

…………

一九二五年三月二十一日于窄而霉小斋

---

① 齮(qǐ)：张开。

141

往　　事

这事说来又是十多年了。

算来我是六岁。因为第二次我见到四叔时，他那条有趣的辫子就不见了。

那是夏天秋天之间。我仿佛还没有上过学。妈因怕我到外面同瑞龙他们玩时又打架，或是乱吃东西，每天都要靠到她身边坐着，除了吃晚饭后洗完澡同大哥各人拿五个小钱到道门口去买士元的凉粉外，剩下便都不准出去了！至于为甚又能吃凉粉？那大概是妈知道士元凉粉是玫瑰糖，不至吃后生病吧。本来那时的时疫也真凶，听瑞龙妈说，杨老六一家四口人，从十五得病，不到三天便都死了！

我们是在堂屋背后那小天井内席子上坐着的。妈为我从一个小黑洋铁箱子内取出一束一束方块儿字来念,她便膝头上搁着一个麻篮绩麻。弄子里跑来的风又凉又软,很易引人瞌睡,当我倒在席子上时,妈总每每停了她的工作,为我拿蒲扇来赶那些专爱停留在人脸上的饭蚊子。间或有个时候妈也会睡觉,必到大哥从学校夹着书包回来嚷肚子饿时才醒,那么,夜饭必定便又要晚一点了!

爹好像到乡下江家坪老屋去了好久了,有天忽然要四叔来接我们。接的意思四叔也不大清楚,大概也就是闻到城里时疫的事情吧。妈也不说什么,她知道大姐二姐都在乡里,我自然有她们料理。只嘱咐了四叔不准大哥到乡下溪里去洗澡。

因大哥前几天回来略晚,妈摩他小辫子还湿漉漉的,知他必是同几个同学到大河里洗过澡了,还重重地打了他一顿呢。四叔是一个长子,人又不大肥,但很精壮。妈常说这是会走路的人。铜仁到我凤凰是一百二十里蛮路,他能扛六十斤担子一早动身,不抹黑就到了,这怎么不算狠!他到了家时,便忙自去厨房烧水洗脚。那夜我们吃的夜饭菜是南瓜炒牛肉。

妈捡菜劝他时,他又选出无辣子的牛肉放到我碗里。真是好四叔呵!

那时人真小,我同大哥还是各人坐在一只箩筐里为四叔担

143

/ 想念，往往不是刻意的 /

去的！大哥虽大我五六岁，但在四叔肩上似乎并不什么不匀称。乡下隔城有四十多里，妈怕太阳把我们晒出病来，所以我们天刚一发白就动身，到行有一半的唐峒山时，太阳还才红红的。到了山顶，四叔把我们抱出来各人放了一泡尿，我们便都坐在一株大刺栎树下歇息。那树的杈丫上搁了无数小石头，树左边又有一个石头堆成的小屋子。四叔为我们解说，小屋子是山神土地，为赶山打野猪人设的；树上石头是寄倦的：凡是走长路的人，只要放一个石头到树上，便不倦了。但大哥问他为甚不也放一个石子时，他却不作声。

他那条辫子细而长正同他身子一样。本来是挽放头上后再加上草帽的，不知是那辫子长了呢还是他太随意，总是动不动又掉下来，当我是在他背后那头时，辫子梢梢便时时在我头上晃。

"芸儿，莫闹！扯着我不好走！"

我伸出手扯着他辫子只是拽，他总是和和气气这样说。

"四满①，到了？"大哥很着急地这么问。

"快了，快了，快了！芸弟都不急，你怎么这样慌？你看我

---

① 四满：四叔的意思。湖南乡人呼叔叔为满满。

跑！"他略略把脚步放快一点，大哥便又嚷摇得头痛了。

他一路笑大哥不济。

到时，爹正同姨婆、五叔、四婶他们在院中土坪上各坐在一条小凳上说话。姨婆有两年不见我了，抱了我亲了又亲。爹又问我们饿了不曾，其实我们到路上吃甜酒、米豆腐已吃胀了。上灯时，方见大姐、二姐、大姑、满姑①各人手上提了一捆地萝卜进来。

我夜里便同大姐等到姨婆房里睡。

乡里有趣多了！既不什么很热，夜里蚊子也很少。大姐到久一点，似乎各样事情都熟习，第二天一早便引我去羊栏边看睡着比猫还小的白羊，牛栏里正歪起颈项在吃奶的牛儿。我们又到竹园中去看竹子。那时觉得竹子实在是一种很奇怪的东西。本来城里的竹子，通常大到屠桌边卖肉做钱筒的已算出奇了！但后园里那些南竹，大姐教我去试抱一下时，两手竟不能相掺。满姑又为偷偷地到园坎上摘了十多个桃子。接着我们便跑到大门外溪沟边上拾得一衣兜花蚌壳。

事事都感到新奇：譬如五叔喂的那十多只白鸭子，它们会

---

① 满姑：湖南人对最小姑母的称呼。

/ 想念，往往不是刻意的 /

一翅从塘坎上飞过溪沟。夜里四叔他们到溪里去照鱼时，却不用什么网，单拿个火把，拿把镰刀。姨婆喂有七八只野鸡，能飞上屋，也能上树，却不飞去；并且，只要你拿一捧包谷米在手，口中略略一逗，它们便争先恐后地到你身边来了。什么事情都有味。我们白天便跑到附近村子里去玩，晚上总是同坐在院中听姨婆学打野猪打獾子的故事。姨婆真好，我们上床时，她还每每为从大油坛里取出炒米、栗子同脆酥酥的豆子给我们吃！

后园坎上那桃子已透熟了，满姑一天总为我们去偷几次。

爹又不大出来，四叔、五叔又从不说话，间或碰到姨婆见了时，也不过笑笑地说：

"小娥，你又忘记嚷肚子痛了！真不听讲——芸儿，莫听你满姑的话，吃多了要坏肚子！拿把我，不然晚上又吃不得鸡膊腿了！"

乡里去有场集的地方似乎并不很近，而小小村中除每五天逢一六赶场外通常都无肉卖。因此，我们几乎天天吃鸡，唯我一人年小，鸡的大腿便时时归我。

我们最爱看又怕看的是溪南头那坝上小碾房的磨石同自动的水车，碾房是五叔在料理。那圆圆的磨石，固定在一株木桩上只是转只是转。五叔像个卖灰的人,满身是糠皮,只是在旋转不息的磨石间拿扫把扫那跑出碾槽外的谷米。他似乎并不着一点忙,磨石走到他跟前时一跳又让过磨石了。我们为他着急又佩服他胆子大。水车也有味,是一些七长八短的竹篙子扎成的。它的用处就是在灌水到比溪身还高的田面。

　　大的有些比屋子还大,小的也还有一床晒簟大小,它们接接连连竖立在大路近旁,为溪沟里急水冲着快快地转动,有些还咿哩咿哩发出怪难听的喊声,由车旁竹筒中运水倒到悬空的枧①上去。它的怕人就是筒子里水间或溢出枧外时,那水便砰地倒到路上了,你稍不措意,衣服便打得透湿。我们远远地立着看行路人抱着头冲过去时那样子好笑。满姑虽只大我四岁,但看惯了,她却敢在下面走来走去。大姐同大姑,则知道那个车子溢出后便是那一个接脚,不消说是不怕水淋了!只我同大哥二姐,却无论如何不敢去尝试。

---

① 枧:同"笕",引水的长竹管,安在房檐下或田间。

新湘行记——张八寨二十分钟

汽车停到张八寨，约有二十分钟耽搁，来去车辆才渡河完毕。溪水流到这里后，被四围群山约束成个小潭，一眼估去大小直径约半里样子。正当深冬水落时，边沿许多部分都露出一堆堆石头，被阳光雨露漂得白白的，中心满潭绿水，清莹澄澈，反映着一碧群峰倒影，还是异常美丽。特别是山上的松杉竹木，挺秀争绿，在冬日淡淡阳光下，更加形成一种不易形容的清寂。汽车得从一个青石砌成的新渡口用一只方舟渡过，码头如一个畚箕形，显然是后来人设计，因此和自然环境不十分和谐。潭上游一点，还有个老渡口，有只老式小渡船，由一个掌渡船的拉动横贯潭中的水面竹缆索，从容来回渡人。这种摆渡画面，保留在我记忆中不下百十种。如照风景画习惯，必然做成"野渡无人舟自横"的姿势,搁在靠西一边白石滩头,才像符合自然本色。因为不知多少年来,经常都是那么搁下,无事可为,镇日长闲,和万重群山一道在冬日阳光下沉睡!但是这个沉睡时代已经过去了。

大渡口终日不断有满载各种物资吼着叫着的各式货车,开上方舟过渡。此外还有载客的班车,车上坐着新闻记者,电影摄影师,音乐、歌舞、文物调查工作者,画师,医生……以及近乎挑蚜虫卖膏药飘乡赶场的人物,陆续来去。近来因开放农村副业物资交流,附近二十里乡村赴乡场和到州上做小买卖的人,也日益增多。小渡船就终日在潭中来回,盘载人货,没有个休息时。这个觉醒是全面的。八十二岁的探矿工程师丘老先生,带上一群年轻小伙子,还正在湘西自治州所属各县爬山越岭,预备用锤子把有矿藏的山头一一敲醒。许多在地下沉睡千万年的煤、铁、磷、汞,也已经有了一部分被唤醒转来。

小船渡口东边,是一道长长的青苍崖壁,西边有个裸露着大片石头的平滩,平滩尽头到处点缀一簇簇枯树。其时几个赶乡场的男女农民,肩上背上挑负着箩箩筐筐,正沿着悬崖下脚近水小路走向渡头。渡船上有个梳双辫女孩子,攀动缆索,接送另外一批人由西往南。渡头边水草间,有大群白鸭子在水中

/ 想念，往往不是刻意的 /

自得其乐地游泳。悬崖罅缝间绿茸茸的，崖顶上有一列过百年的大树，大致还是照本地旧风俗当成"风水树"保留下来的。这些树木阅历多，经验足，对于本地近三十年新发生的任何事情似乎全不吃惊，只静静地看着面前一切。

初来到这个溪边的我，环境给我的印象和引起的联想，不免感到十分惊奇！一切陌生一切又那么熟悉。这实在和许多年前笔下涉及的一个地方太相像了，可能对它仿佛相熟的不止我一个人。正犹如千年前唐代的诗人，宋代的画家，彼此虽生不同时，却由于某一时偶然曾经置身到这么一个相似自然环境中，而产生了些动人的诗歌或画幅。一首诗或者不过二十八个字，一幅画大小不过一方尺，留给后人的印象，却永远是清新壮丽，增加人对于祖国大好河山的感情。至于我呢，手中的笔业已荒疏了多年，忽然又来到这么一个地方，记忆习惯中的文字不免过于陈旧，触目景物人事却十分新鲜。在这种情形下，只有承认手中这支拙劣笔，实在无可为力。

我为了温习温习四十年前生活经验，和二十四五年前笔下的经验，因此趁汽车待渡时，就沿了那一列青苍苍崖壁脚下走去，随同那十几个乡下人一道上了小渡船。上船以后，不免有些慌张，心和渡船一样只是晃。临近身边那个船上人，像为安慰我而说话：

"慢慢地，慢慢地，站稳当点。你慌哪样！"

几个乡下人也同声说："不要忙，不要忙，稳到点！"一齐对我善意望着。显然的事，我在船中未免有点狼狈可笑，已经不像个"家边人"样子。

大渡口路旁空处和圆坎上，都堆的有许多经过加工的竹木，等待外运。老楠竹多锯削成扁担大小长片，二三百缚成一捆，我才明白在北行火车上，经常看到满载的竹材，原来就是从这种山窝窝里运出去，往东北西北支援祖国工矿建设的。木材也多经过加工处理，纵横架成一座座方塔，百十根作一堆，明显是为修建湘川铁路而准备的。令我显得慌张的，并不尽是渡船的摇动，却是那个站在船头嘱咐我不必慌张，自己却从从容容在那里当家做事的弄船女孩子。我们似乎相熟又十分陌生。世界上就真有这种巧事，原来她比我小说中翠翠虽晚生几十年，所处环境自然背景却仿佛相同，同样，在这么青山绿水中摆渡，青春生命在慢慢长成。不同处是社会变化大，见世面多，虽然对人无机心，而对自己生存却充满信心。一种"从劳动中得到快乐增加幸福成功"的信心。这也正是一种新型的乡村女孩子在语言神气间极容易见到的共同特征。目前一位有一

151

/ 想念,往往不是刻意的 /

点与众不同,只是所在背景环境。

她大约有十四五岁的样子,除了胸前那个绣有"丹凤朝阳"的挑花^①围裙,其余装束神气都和一般青年作家笔下描写到的相差不多。有张长年在阳光下暴晒、在寒风中冻得黑中泛红的健康圆脸。双辫子大而短,是用绿胶线缚住的,还有双真诚无邪、神光清莹的眼睛。两只手大大的,粗粗的,在寒风中也冻得通红。身上穿一件花布棉袄子,似乎前不多久才从自治州百货公司买来,稍微大了一点。这正是中国许多地方一种常见的新农民形象,内心也必然和外表完全统一。

真诚、单纯、素朴,对本人明天和社会未来都充满了快乐的期待及成功信心,而对于在她面前一切变化发展的新事物,更充满亲切、好奇、热情。文化程度可能只读到普通小学三年级,认得的字还不够看完报纸上的新闻纪事,或许已经做了寨里读报组小组长。新的社会正在起着深刻变化,她也就在新的生活教育中逐渐发育成长。目前最大的野心,是另一时州上评青年劳模,有机会进省里,去北京参观,看看天安门和毛主

---

① 挑花:手工艺的一种,在棉布或麻布的经纬线上用彩色的线挑出许多很小的十字,构成各种图案作为装饰。

席。平时一面劳作一面想起这种未来，也会产生一种永远向前的兴奋和力量。生命形式即或如此单纯，可是却永远闪耀着诗歌艺术的光辉，同时也是诗歌艺术的源泉。两手攀援缆索操作的样子，一看就知道是个内行，摆渡船应当是她一家累代的职业。我想起合作化，问她一月收入时，她却笑了笑，告给我："这是我伯伯的船，不是我的。伯伯上州里去开会。我今天放假，赶场来往人多，帮他忙替半天工。"

"一天可拿多少工资分？"

"嗨，这也算钱吗？你这个人——"她于是抿嘴笑笑，扭过了头，面对汤汤流水和水中白鸭，不再搭理我。像是还有话待我自己去体会，意思是："你们城里人会做生意，一开口就是钱。什么都卖钱。一心只想赚钱，别的可通通不知道！"她或许把我当成省里食品公司的干部了。我不免有一点儿惭愧起自心中深处。因为我还以为农村合作化后"人情"业已去尽，一切劳力交换都必须变成工资分计算。到乡下来，才明白还有许多事事物物，人和人相互帮助关系，既无从用工资分计算，也不必如此计算；社会样样都变了，依旧有些好的风俗人情变不了。我很满意这次过渡的遇合，提起一句俗谚"同船过渡五百年所修"，聊以解嘲。同船几个人同时不由笑将起来，因为大家

/ 想念，往往不是刻意的 /

都明白这句话意思是"缘法凑巧"。船开动后，我于是换过口气请教，问她在乡下做什么事情还是在学校读书。

她指着树丛后一所瓦屋说："我家住在那边！"

"为什么不上学？"

"为什么？区里小学毕了业，这边办高级社①，事情要人做，没有人。我就做。你看那些竹块块和木头，都是我们社里的！我们正在和那边村子比赛，看谁本领强，先做到功行圆满。一共是二百捆竹子，一百五十根枕木，赶年下办齐报到州里去。村里还派我办学校，教小娃娃，先办一年级。娃娃欢喜闹，闹翻了天我也不怕。这些小猴子，就只有我这只小猴子管得住。"

我随她手指点望去，第二次注意到堆积两岸的竹木材料时，才发现靠村子码头边，正有六七个小顽童在竹捆边游戏，有两个已上了树，都长得团头胖脸。其中四个还穿着新棉袄子。我故意装作不明白问题："你们把这些柱头砍得不长不短，好竹子也锯成片片，有什么用处？送到州里去当柴烧，大材小用，多不合算！"

她重重盯了我一眼，似乎把我底子全估计出来了，不是商业

---

① 高级社：高级农业生产合作社。由初级社发展而来，是我国农业合作化过程中建立的社会主义性质的集体经济组织。

干部是文化干部，前一种人太懂生意经，后一种人又太不懂。"嗨，你这个人！竹子、木头有什么用？毛主席说，要办社会主义，大家出把力气，事情就好办。我们湘西公路筑好了，木头、竹子、桐油、朱砂，一年不断往外运。送到好多地方去办工厂、开矿，什么都有用……"末了只把头偏着点点，意思像是"可明白？"

我不由己地对着她跷起了大拇指，译成本地语言就是"大角色"。又问她今年十几岁，十四还是十五。不肯回答，却抿起嘴微笑。好像说"你自己猜吧"。我再引用"同船过渡"那句老话表示好意，说得同船乡下人都笑了。一个中年妇人解去了拘束后，便插口说："我家五毛子今年进十四岁，小学二年级，也砍了三捆竹子，要送给毛主席，办社会主义。两只手都冻破了皮，还不肯罢手歇气。"巴渡船的一位听着，笑笑的，爱娇的，把自己两只在寒风中劳作冻得通红的手掌，反复交替摊着："怕什么？比赛哩。别的国家多远运了大机器来，在等着材料砌房子。事情不巴忙做，可好意思吃饭？自家的事不做，等谁做！"

"是嘛，自家的事情自家做；大家做，就好办。"

新来汽车在新渡口嘟嘟叫着。小船到了潭中心，另一位向我提出了个新问题："同志，你是从省里来的，可见过武汉长江大铁桥？什么时候完工？"

/ 想念，往往不是刻意的 /

"看见过！那里有万千人笼夜赶工，电灯亮堂堂的，老远只听到机器哗啦哗啦地响，忙得真热闹！"

"办社会主义就是这样，好大一座桥！"

"你们难道看见过大铁桥？"那中年妇人问。

……说下去，我才知道她原来有个儿子在那边做工，年纪二十一岁，是从这边电厂调去的，一共挑选了七个人。电影队来放映电影时，大家都从电影上看过大桥赶工情形，由于家里有子侄辈在场，都十分兴奋自豪。我想起自治州百七十万人，共有三百四十万只勤快的手，都在同一心情下，为一个共同目的而进行生产劳动，长年手足贴近土地，再累些也不以为意。认识信念单纯而素朴，和生长在大城市中许多人的复杂头脑，及专会为自己好处做打算的种种乖巧机伶[①]表现，相形之下真是无从并提。

小船恰当此时，訇地碰到了浅滩边石头上，闪不知船滞住。几个人于是又不免摇摇晃晃，而且在前仆后仰中相互笑嚷起来"大家慢点嘛，慢点嘛，忙哪样！又不是看影子戏争前排，忙哪样！"

女孩子一声不响早已轻轻一跃跳上了石滩，用力拉着船

---

① 机伶：现在写作"机灵"，聪明伶俐。

缆，倾身向后奔，好让船中人逐一起岸，让另一批人上船。一种责任感和劳动的愉快结合，留给我个要忘也不能忘的印象。

我站在干涸的石滩间，远望来处一切。那个隐在丛树后的小小村落，充满诗情画意。渡口悬崖罅缝间绿茸茸的，似乎还生长有许多虎耳草。白鸭子群已游到潭水出口处石坝浅滩边去了，远远的只看见一簇簇白点子在移动。我想起种种过去，也估计着种种未来，觉得事情好奇怪。自然景物的清美，和我另外一时笔下叙述到的一个地方，竟如此巧合。可是生存在这里的人，生命的发展却如此不同。

这小地方和中国南方任何傍河流其他乡村一样，劳动意义和生存现实，正起着深刻的变化。第一声信号还在十多年前，即那个青石板砌成的畚箕形渡口边一群小孩子游戏处，有一年这样冬晴天气，曾有过一辆中型专用客车在此待渡，有七个地方高级文武官员坐在车中，一阵枪声下同时死去。这是另外一时那个"爱惜鼻子的朋友"告诉我的。这故事如今可能只有管渡船的老人还记住，其他人全不知道，因为时间晃晃快过十年了。现在这个小地方，却正不声不响，一切如随同日月交替、潜移默运地在变化着。小渡船一会儿又回到潭中心去了。四围光景分外清寂。

/ 想念，往往不是刻意的 /

在一般城里知识分子面前，我常常自以为是个"乡下人"，习惯性情都属于内地乡村型，不易改变。这个时节，才明白意识到，在这个十四五岁真正乡村女孩子那双清明无邪眼睛中看来，却只是个寄生城市里的"蛀米虫"，客气点说就是个"十足的、吃白米饭长大的城里人"。对于乡下的人事，我知道的多是百八十年前的老式样。至于正在风晴雨雪里成长，起始当家做主的新人，如何当家做主，我知道的实在太少了。

一九五七年五月

过节和观灯

端午给我的特别印象

说起过节和观灯,每人都有一份不同的经验。

中国是世界上一个大国,地面广、人口多、历史长、分布全国各民族语言文化风俗习惯又不一样,所以一年四季就有许多种节日,使用不同方式,分别在山上、水边、乡村、城镇举行。属于个人的且家家有份。这些节日影响到衣食住行各方面,丰富人民生活的内容,扩大历史文化的面貌,也加深了民族团结的感情。一般吃的如年糕、粽子、月饼、腊八粥,玩的如花炮、焰火、秋千、风筝、灯彩、陀螺、兔儿爷、胖阿福,穿戴的如虎头帽、猫猫鞋、做闹龙舟和百子观灯图的衣裙、坎肩、涎围和围裙……就无一不和节令密切相关。较古节日已延

/ 想念，往往不是刻意的 /

长了两三千年，后起的也有千把年历史，经史等古籍中曾提起它种种来历和举行的仪式。大多数节日常和农事生产相关，小部分则由名人故事或神话传说而来，因此有的虽具全国性，依旧会留下些区域特征。比如为纪念屈原的五月端阳，包粽子，悬蒲艾，戴石榴花，虽然已成全国习惯，但南方的龙舟竞渡，给青年、妇女及小孩子带来的兴奋和快乐，就绝不是生长在北方平原的人所能想象的！

  大江以南，凡是有河流可通船舶处，无论大城小市，端午必照例举行赛船。这些特制龙船多窄而长，有的且分五色，头尾高张，转动十分灵便。平时搁在岸上，节日来临前，才由二三十个特选少壮青年，在鞭炮轰响、欢笑呼喊中送请下水。初五叫小端阳，十五叫大端阳，正式比赛或由初三到初五，或由初五到十五。沅水流域的渔家子弟，白天玩不尽兴，晚上犹继续进行，三更半夜后，住在河边的人从睡梦中醒来时，还可听到水面飘来嘭嘭当当的锣鼓声。近年来我的记忆力日益衰退，可是四十多年前在一条六百里长的沅水和五个支流一些大城小镇度过的端阳节，由于乡情风俗热烈活泼，将近半个世纪，种种景象在记忆中还明朗清楚，不褪色，不走样。

  因此还可联想起许多用"闹龙舟"做题材的艺术品。较早出现的龙舟，似应数敦煌壁画，东王公坐在上面去会西王母，云游远方，象征"驾六龙以驭天"。画虽成于北朝人手，最先稿本或可早到汉代。其次是《洛神赋图卷》，也有个相似而不同的龙舟，仿佛"驾玉虬而偕逝"情形，作为曹植对洛神的眷恋悬想。虽历来当作晋代大画家顾恺之手笔，产生时代又可能较晚些。还有个长及数丈元明人传摹唐李昭道《阿房宫图卷》，也有几只装饰华美的龙凤舟，在一派清波中从容荡漾，和结构宏伟的建筑群相呼应。只是这些龙舟有的近于在水云中游行的无轮车子，有的又和五月端阳少直接关系。由宋到清，比较著名的画还有张择端《金明池争标图》、宋人《龙渡图》、元人王振鹏《龙舟竞渡图》、宋人《西湖竞渡图》、明人《龙舟竞渡图》……画幅虽不大，却相当生动美丽，反映出部分历史真实。故宫收藏清初十二月令画轴《五月端阳龙舟图》，且画得格外华美热闹。

此外明清工人用象牙、竹木和剔红雕填漆做的龙船，也有工艺精巧绝伦的。至于应用到生活服用方面，实无过西南各省民间挑花刺绣：被面、帐檐、门帘、枕帕、围裙、手巾、头巾和小孩穿的坎肩、涎围、戴的花帽，经常都把"闹龙舟"做主题，加以各种不同艺术表现，做得异常精美出色。当地妇女制

/ 想念，往往不是刻意的 /

作这些刺绣时，照例必把个人节日欢乐的回忆，做新嫁娘做母亲对于家庭的幸福愿望，对于儿女的热爱关心，连同彩色丝线交织在图案中。闹龙舟的五彩版画，也特别受农村中和长年寄居在渔船上、货船上的妇孺欢迎，能引起他们种种欢乐回忆和联想。

记忆中的云南跑马节

　　还有特具地方性的跑马节，是在云南昆明附近乡下跑马山下举行的。这种聚集了近百里内四乡群众的盛会，到时百货云集，百艺毕呈，对于外乡人更加开眼。不仅引人兴趣，也能长人见闻。来自四乡载运烧酒的马驮子，多把酒坛连驮架就地卸下，站在一旁招徕主顾，并且用小竹筒不住舀酒请人品尝。有些上点年纪的人，阅兵点将一般，到处走去，点点头又摇摇头，平时若酒量不大，绕场一周，也就不免给那喷鼻浓香酒味熏得摇摇晃晃有个三分醉意了。各种酸甜苦辣吃食摊子，也都富有云南地方特色，为外地所少见。妇女们高兴的事情，是城乡第一流银匠到时都带了各种新样首饰，选平敞地搭个小小布棚，展开全部场面，就地开业，煮、炸、捶、錾、吹、镀、嵌、接，显得十分热闹。卖土布鞋面枕帕的，卖花边阑干、五色丝线和胭脂水粉香胰子的，都是专为女主顾而准备。文具摊上经常还可发现木刻《百家姓》和其他老式启蒙读物。

大家主要兴趣自然在跑马，特别关心本村的胜败，和划龙船情形相差不多。我对于赛马兴趣并不大，云南马骨架多比较矮小，近于古人说的"果下马"，平时当坐骑，爬山越岭腰力还不坏，走夜路又不轻易失蹄。在平川地做小跑，钻子步走来匀称稳当，也显得蛮有精神。可是当时我实另有会心，只希望从那些装备不同的马背上，发现一点"秘密"。因为我对于工艺美术有点常识，漆器加工历史有许多问题还未得解决。

读唐宋人笔记，多以为"犀皮漆"做法来自西南，是由马鞍鞯涂漆久经摩擦而成。"波罗漆"即犀皮中一种，"波罗"由樊绰《蛮书》① 得知即老虎别名，由此可知波罗漆得名便在南方。但是缺少从实物取证，承认或否认仍难肯定。我因久住昆明滇池边乡下，平时赶火车入城，即曾经从坐骑鞍桥上发现有

---

① 樊绰《蛮书》：樊绰，唐朝人。《蛮书》，又名《云南志》《云南记》《云南史记》《南蛮记》《南夷志》，为研究云南民族、历史、地理等文化的重要史料。

/ 想念，往往不是刻意的 /

各种彩色重叠的花斑，证明《因话录》[1]等记载不是全无道理。所谓"秘密"，就是想趁机会在那些来自四乡装备不同的马背上，再仔细些探索一下究竟。结果明白不仅有犀皮漆云斑，还有五色相杂牛皮纹，正是宋代"绮纹刷丝漆"的做法。至于宋明铁错银马镫，更是随处可见。云南本出铜漆，又有个工艺传统，马具制作沿袭较古制度，本来极平常自然。可是这些小发现，对我说来却意义深长，因为明白"由物证史"的方法，此后应用到研究物质文化史和工艺图案发展史，都可得到不少新发现。当时在人马群中挤来钻去，十分满意，真正应合了古人说的"相马于牝牡骊黄之外"。但过不多久，更新的发现，就把我引诱过去，认为从马背上研究老问题，不免近于卖呆，远不如从活人中听听生命的颂歌为有意思了。

原来跑马节还有许多精彩的活动，在另外一个斜坡边，比较僻静长满小小马尾松林子和荆条丛生的地区，那里到处有一簇簇年轻男女在对歌，也可说是"情绪跑马"，热烈程度绝不下于马背翻腾。云南本是个诗歌的家乡，路南和迤西歌舞早闻名全国。这一回却更加丰富了我的见闻。

---

[1] 《因话录》：笔记，唐赵璘撰，记载唐人遗闻轶事。

这是种生面别开的场所，对调子的来自四方，各自蹲踞在松树林子和灌木丛沟凹处，彼此相去虽不多远，却互不见面。唱的多是情歌酬和，却有种种不同方式。或见景生情，即物起兴，用各种丰富譬喻，比赛机智才能。或用提问题方法，等待对方答解。或互嘲互赞，随事押韵，循环无端。也唱其他故事，贯穿古今，引经据典，当事人照例心中一本册，滚瓜熟，随口而出。在场的既多内行，开口即见高低，含糊不得。所以不是高手，也不敢轻易搭腔。那次听到一个年轻妇女一连唱败了三个对手，逼得对方哑口无言，于是轻轻地打了个吆喝，表示胜利结束，从荆条丛中站起身子，理理发，拍拍绣花围裙上的灰土，向大家笑笑，意思像是说：你们看，我唱赢了。显得轻松快乐，拉着同行女伴，走过江米酒担子边解口渴去了。

这种年轻女人在昆明附近村子中多得是。性情明朗活泼，劳动手脚勤快，生长得一张黑中透红枣子脸，满口白白的糯米牙，穿了身毛蓝布衣裤，腰间围个钉满小银片扣花葱绿布围裙，脚下穿双云南乡下特有的绣花透孔鞋，油光光辫发盘在头上。不仅唱歌十分在行，大年初一和同伴各个村子里去打秋千，用马皮做成三丈来长的秋千条，悬挂在路旁高树上，蹬个十来下就可平梁，还悠游自在若无其事！

/ 想念，往往不是刻意的 /

在昆明乡下，一年四季早晚，本来都可以听到各种美妙有情的歌声。由呈贡赶火车进城，向例得骑一匹老马，慢吞吞地走十里路。有时赶车不及还得原骑退回。这条路得通过些果树林、柞木林、竹子林和几个有大半年开满杂花的小山坡。马上一面欣赏土坎边的粉蓝色报春花，在轻和微风里不住点头，总令人疑心那个蓝色竟像是有意模仿天空而成的。一面就听各种山鸟呼朋唤侣，和身边前后三三五五赶马女孩子唱的各种本地悦耳好听山歌。有时面前三五步路旁边，忽然出现个花茸茸的戴胜鸟，蠢起头顶花冠，瞪着个油亮亮的眼睛，好像对于唱歌也发生了兴趣，征询我的意见，经赶马女孩子一喝，才扑着翅膀掠地飞去。

这种鸟大白天照例十分沉默，可是每在晨光熹微中，却欢喜坐在人家屋脊上，"郭公郭公"反复叫个不停。最有意思的是云雀，时常从面前不远草丛中起飞，扶摇盘旋而上，一面不住唱歌，向碧蓝天空中钻去，仿佛要一直钻透蓝空。伏在草丛中的云雀群，却带点鼓励意思相互应和。直到穷目力看不见后，忽然又像个小流星一样，用极快速度下坠到草丛中，和其他同伴会合，于是另外几只云雀又接着起飞。赶马女孩子年纪多不过十四五岁，嗓子通常并没经过训练，有的还发哑带沙，可是在这种环境气氛里，出口自然，不论唱什么，都充满一种淳朴本色美。

　　大伙儿唱得最热闹的叫"金满斗会"。有一次由村子里人发起举行，到时候住处院子两楼和那道长长屋廊下，集合了附近几个乡村男女老幼百多人，六人围坐一桌，足足坐满了三十来张矮方桌，每桌各自轮流低声唱《十二月花》和其他本地好听曲子。声音虽极其轻柔，合起来却如一片松涛，在微风荡动中舒卷张弛不定，有点龙吟凤啸意味。仅是这个唱法就极其有意思。唱和相续，一连三天才散场。来会的妇女占多数，和逢年过节差不多，一身收拾得清洁利索，头上手中到处是银光闪闪，使人不敢认识。我以一个客人身份挨桌看去，很多人都像面善，可叫不出名字。随后才想起这个是村子口摆小摊卖酸泡梨的，那个是城门边挑水洗衣的，此外打铁箍桶的工匠，小杂货商店的管事，乡村土医生和阉鸡匠，更多的自然是赶马女孩子和不同年龄的农民和四处飘乡趁集卖针线花样的老太婆，原来熟人真不少！集会表面说避疫免灾，主要作用还是传歌。由老一代把记忆中充满智慧和热情的东西，全部传给下一辈。反复唱下去，到大家熟悉为止。因此在场年老人格外兴奋活跃，经常每桌轮流走动。主要作用既然在照规矩传歌，不

167

/ 想念，往往不是刻意的 /

问唱什么都不犯忌讳。就中最当行出色是一个吹鼓手，年纪已过七十，牙齿早脱光了，却能十分热情整本整套地唱下去。除爱情故事，此外嘲烟鬼，骂财主，样样在行，真像是一个"歌库"（这种人在我们家乡则叫作歌师傅）。小时候常听老太婆口头语"十年难逢金满斗"，意思是盛会难逢，参加后才知道原来如此。

同是唱歌，另外有种抒情气氛，而且背景也格外明朗美好，即跑马节跑马山下举行的那种会歌。

西南原是诗歌的家乡，我听到的不过是极小范围内一部分而已。建国后人民生活日益美好，心情也必然格外欢畅，新一代歌手，都一定比三五十年前更加活泼和热情。

灯 节 的 灯

元宵节主要在观灯。观灯成为一种制度，比较正确的记载，实起始于唐初，发展于两宋，来源则出于汉代燃灯祀太乙。灯事迟早不一，有的由十四到十六，有的又由十五到十九。"灯市"得名并扩大，也是从宋代起始。论灯景壮丽，过去多以为无过唐宋。笔记小说记载，大都说宫廷中和贵族戚里灯彩奢侈华美的情况。

观灯有"灯市",唐人笔记虽记载过,正式举行还是从北宋汴梁起始,南宋临安续有发展,明代则集中在北京东华门大街以东八面槽一带。从《东京梦华录》[①]和其他记述,得知宋代灯市计五天,由十五到十九。事先必搭一座高达数丈的"鳌山灯棚",上面布置各种灯彩,燃灯数万盏。皇帝到这一天,照例坐了一顶敞轿,由几个得力太监抬着,倒退行进,名叫"鹁鸽旋",便于四面看人观灯。又或叫几个游人上前,打发一点酒食,旧戏中常用的"金杯赐酒"即由之而来。说的虽是"与民同乐",事实上不过是这个皇帝久闭深宫,十分寂寞无聊,大臣们出些巧主意,哄着他开心遣闷而已。

宋人笔记同时还记下许多灯彩名目,"琉璃灯"可说是新品种,不仅在富贵人家出现,商店中也起始用它来招引主顾,光如满月。"万眼罗"则用红白纱罗拼凑而成。至于灯棚和各种灯球的式样,有《宋人观灯图》和《宋人百子闹元宵图》,还为我们留下些形象材料。由此得知,明清以来反映到画幅上如《金

---

① 《东京梦华录》:笔记,南宋孟元志撰,所记为汴京城市面貌、岁时物产、风土习俗等。

/ 想念，往往不是刻意的 /

瓶梅》《宣和遗事》和《水浒传》等插图中种种灯景和其他工艺品——特别是保留到明清锦绣图案中，百十种极其精美好看旁缀珠玉流苏的多面球灯，基本上大都还是宋代传下来的式样。另外画幅上许多种鱼、龙、鹤、凤、巧作灯、儿童竹马灯、在地上旋转不停的滚灯，也由宋代传来。

宋代"琉璃灯"和"万眼罗"，明代的"金鱼注水灯"，和用千百蛋壳做成的巧作灯，用冰琢成的冰灯，式样做法虽已难详悉，至于明代有代表性实用新品种，"明角灯"和"料丝灯"，实物还有遗存的。中国历史博物馆又还有个明代宫中行乐图，画的是宫中过年情形，留下许多好看宫灯式样。上面还有个松柏枝扎成挂八仙庆寿的鳌山灯棚，及灯节中各种杂剧活动、焰火燃放情况，并且还有一个乐队，一个"百蛮进宝队"，几个骑竹马灯演《三战吕布》戏文故事场面，画出好些明代北京民间灯节风俗面貌。货郎担推的小车，还和宋元人画的货郎图差不多，车上满挂各种小玩具和灯彩，货郎作一般小商人装束。照明人笔记说，这种种却是专为宫廷娱乐仿照市面上风光预备的。

新的时代灯节已完全为人民所有，做灯器材也大不同过去，对于灯的要求又有了基本改变，节日即或依旧照时令举行，意义已大不相同了。

古代灯节不只是正月元宵，七月的中元，八月的中秋，也常有灯事。中华人民共和国建国后，则五一劳动节和十一国庆节，全国各处都无不有盛会庆祝。天安门前广场和人民大会堂的节日灯景，应说是极尽人间壮观。不仅是历史上少见，更重要还是人民亲手创造，又真正同享共有这一切。

关于天安门节日的灯火，已经有了许多好文章好报道。另外我记得特别亲切的，却是前后四个月施工期间，广场中那一片辉煌灯火。因为首都所有机关工作同志和万千市民，都曾经热情兴奋在灯火下，和工人、农民、解放军一道，为这个有历史性的广场和两旁宏伟建筑出过一把力。

从个人经验来说，解放以后另外还有许多灯景，也这么具有历史意义，给我以深刻难忘印象。比如十三陵水库大坝落成前夕的灯，就是其中之一。

在修建这个水库时，我和作家协会几个同志前后曾到过四次：第一次是初步开工，指挥所还设在山脚一个小村子里。第二次已开始在挖底，指挥所移到了大坝前小孤山。第四次是落成前一星期，大家正分别住在工地附近帐篷中，气候热得出奇。每天早晚除分别拜访劳动模范，照例必去工地看看工程进

171

/ 想念，往往不是刻意的 /

展。前一天还眼见各处是大小不一的土石堆，各处是搬运土石的车辆和人流，空中到处牵满了电线，地面到处有水管纵横。堤坝下边长链条的运石子机、拌和水泥机，和堤上压路机、起重机，轰轰隆隆的响成一片。大坝虽在不断增高，到处都似乎还乱乱的，不像十天半月能完工。这天晚上我和几个同志又去看看时，才大吃一惊，原来不过一天工夫，工地全部已变了样子。所有机器全都不见了，一切土石堆打扫得干干净净、平平整整像个公园一样。堤坝下空落落的，堤坝上也无一个人，整个环境静得出奇。天上星月嵌在宁静蓝空中，也像是大了近了许多。正当我们到达坝上时，忽然间大坝下广场里十二万盏五色电灯齐明，让我们仿佛突然进到一个童话仙境里一般。我们就浮在这个闪烁不定的星海上，直到半夜。这种神奇动人的灯景，实在不是任何另外一时其他灯景能够代替的。第二天晚上，正式举行庆祝落成典礼时，约有二十万工人、农民和解放军及三百来个专业文艺团体及其他民间文艺队伍参加，在灯光下进行联欢演出。我们先是在堤坝上看了许久，随后又到堤下人丛中各处挤去。灯光下种种动人景象，也是无从让别的灯景代替的。十多年来，国家基本建设在全国范围内进行，亿万人民在党领导下完成了数不清的水库、桥梁、工厂、学校、万千座高楼大厦，每次欢庆落成典礼时，都必然有同样热烈的庆祝大会在灯火烛天热闹光景下举行，身预其事的人，一定怀着和我们差不多的感情，留在记忆中的灯景，想忘记也忘记不了！

前年岁暮年末，我和作家协会几个同志，在革命圣地井冈山茨坪参观访问，正赶上青年干部下放参加山区建设四周年纪念日。这几百个年轻同志，都是四年前离开学校，响应党的号召、来自全国各地，上山建设新山区的新型知识分子，其中女性且占一半。此外还有井冈歌舞团全体，和来自瓷都景德镇的歌舞团全体。管理局朱局长，却生长在附近山村里，十多岁就参加了工农红军，跟随毛主席万里长征，现在又重新上山，领导青年建设新山区。八百多公尺高的茨坪，过去不到二十户人家，近来已有三十多座大小楼房。新落成的七层大厦，依山据胜，远望常在云雾中的井冈山顶峰，青碧明灭，变幻不测，近接群峰，如相互揖让。礼堂在革命博物馆附近，灯光下一个个年轻健康红润的脸孔，无不见出活泼中的坚韧，对于改变山区面貌，具有克服困难完成工作的信心。四年来这些青年和当地人民、解放军战士一道参加公路、水电站、及其他开荒生产建设取得的成就，和自我思想改造的成就，都十分显明。大会结束后，我们和歌舞团一群青年朋友回转招待所时，天已落了

/ 想念，往往不是刻意的 /

大雪，远近一片白蒙蒙。一面走一面想起红军刚上山来种种情形。在这种光景下，把国家过去、当前和未来贯串起来，一切景象给我的教育意义，真是格外深长。这种灯景也是我一生难忘的。

由于解放后有机会看到过这么一些背景各不相同壮丽庄严的灯景，从这些灯景中体会出国家在中国共产党的领导下，亿万人民真正当家做主后，通过有计划、有组织、有目的地长期劳动，如何在迅速改变整个国家的面貌。社会不断前进，而灯节灯景也越来越宏伟辉煌，并且赋以各种不同深刻意义。回过头来看看半世纪前另外一些小地方年节风俗，和规模极小的灯节灯景，就真像是回到一个极其古老的历史故事里去了。

我生长的家乡是湘西边上一个居民不到一万户口的小县城，但是狮子龙灯焰火，半世纪前在湘西各县却极著名。逢年过节，各街坊多有自己的灯。由初一到十二叫"送灯"，只是全城敲锣打鼓各处玩去。白天多大锣大鼓在桥头上表演戏水，或在八九张方桌上盘旋上下。晚上则在灯火下玩蚌壳精，用细乐伴奏。

十三到十五叫"烧灯"，主要比赛转到另一方面，看谁家焰火出众超群。我照例凭顽童资格，和百十个大小顽童，追随队伍城厢内外各处走去，和大伙在炮仗焰火中消磨。玩灯的不仅要气力，还得要勇敢，为表示英雄无畏，每当场坪中焰火上升时，白光直泻数丈，有的还大吼如雷，这些人却不管是"震天雷"还是"猛虎下山"，照例得赤膊上阵，迎面奋勇而前。我们年纪小，还无资格参与这种剧烈活动，只能趁热闹在旁呐喊助威。有时自告奋勇帮忙，许可拿个松明火炬或者背背鼓，已算是运气不坏。因为始终能跟随队伍走，马不离群，直到天快发白，大家都"烧"得个焦头烂额，筋疲力尽。队伍中附随着老渔翁和蚌壳精的，蚌壳精向例多选十二三岁面目俊秀姣好男孩子充当，老渔翁白须白发也做得俨然，这时节都现了原形，狼狈可笑。乐队鼓笛也常有气无力板眼散乱地随意敲打着。有时为振作大伙精神，乐队中忽然又悠悠扬扬吹起"蹒八板"来，狮子耳朵只那么摇动几下，老渔翁和蚌壳精即或得应着鼓笛节奏，当街随意兜两个圈子，不到终曲照例就瘫下来，惹得大家好笑！最后集中到个会馆前点验家伙散场时，正街上江西人开的南货店、布店，福建人开的烟铺，已经放鞭炮烧开门纸迎财神，家住对河的年轻苗族女人，也挑着豆豉萝卜丝担子上街叫卖了。

　　有了这个玩灯烧灯经验底子，长大后读宋代咏灯节事的诗词，便觉得相当面熟，体会也比较深刻。例如吴文英作的《玉

/ 想念，往往不是刻意的 /

楼春》词上半阕：

> 茸茸狸帽遮梅额，金蝉罗翦胡衫窄。乘肩争看小腰身，倦态强随闲鼓笛。

写的虽是八百年前元夜所见，一个小小乐舞队年轻女子，在夜半灯火阑珊兴尽归来时的情形，和半世纪前我的见闻竟相差不太多。因为那八百年虽经过元明清三个朝代，只是政体转移，社会变化却不太大。至于建国后虽不过十多年，社会却已起了根本变化，我那点儿时经验，事实上便完全成了历史陈迹，一种过去社会的风俗画。边远小地方年轻人，或者还能有些相似而不同经验，可以印证，生长于大都市见多识广的年轻人，倒反而已不大容易想象种种情形了。

一九六三年三月写于北京

常 德 的 船

常德就是武陵，陶潜的《搜神后记》上《桃花源记》说的渔人老家，应当摆在这个地方。德山在对河下游，离城市二十余里，可说是当地唯一的山。汽车也许停德山站，也许停县城对河另一站。汽车不必过河，车上人却不妨过河，看看这个城市的一切。地理书上告给人说这里是湘西一个大码头，是交换出口货与入口货的地方。桐油、木料、牛皮、猪肠子和猪鬃毛，烟草和水银，五倍子和鸦片烟，由川东、黔东、湘西各地用各色各样的船只装载到来，这些东西全得由这里转口，再运往长沙武汉的。子盐、花纱、布匹、洋货、煤油、药品、面粉、白糖，以及各种轻工业日用消耗品和必需品，又由下江轮驳运到，也得从这里改装，再用那些大小不一的船只，分别运

/ 想念，往往不是刻意的 /

往沅水各支流上游大小码头去卸货的。市上多的是各种庄号。各种庄号上的坐庄人，便在这种情形下成天如一个磨盘，一种机械，为职务来回忙。邮政局的包裹处，这种人进出最多。长途电话的营业处，这种坐庄人是最大主顾。酒席馆和妓女的生意，都靠这种坐庄人来维持。

除了这种繁荣市面的商人，此外便是一些寄生于湖田的小地主，做过知县的小绅士，各县来的男女中学生，以及外省来的参加这个市面繁荣的掌柜、伙计、乌龟、王八。全市人口过十万，街道延长近十里，一个过路人到了这个城市中时，便会明白这个湘西的咽喉，真如所传闻，地方并不小。可是却想不到这咽喉除吐纳货物和原料以外，还有些什么东西。做这种吐纳工作，责任大，工作忙，性质杂，又是些什么人。假若一旦没有了他们，这城市会不会忽然成为河边一个废墟？这种人照例触目可见，水上城里无一不可碰头，却又最容易为旅行者所疏忽。我想说的是真正在控制这个咽喉，支配沅水流域的几万船户。

这个码头真正值得注意令人惊奇处，实也无过于船户和他所操纵的水上工具了。要认识湘西，不能不对他们先有一种认识。要欣赏湘西地方民族特殊性，船户是最有价值材料之一种。

一个旅行者理想中的武陵，渔船应当极多。到了这里一看，才知道水面各处是船只,可是却很不容易发现一只渔船。长河两岸浮泊的大小船只,外行人一眼看去,只觉得大同小异,事实上形制复杂不一,各有个性,代表了各个地方的个性。让我们从这方面来多知道一点,对于我们也许有些便利处。

船只最触目的三桅大方头船,这是个外来客,由长江越湖来的,运盐是它主要的职务。它大多数只到此为止,不会向沅水上游走去。普通人叫它作"盐船",名实相副。船家叫它作"大鳅鱼头",《金陀粹编》上载岳飞在洞庭湖水擒杨幺故事,这名字就见于记载了,名字虽俗,来源却很古。这种船只大多数是用乌油漆过,所以颜色多是黑的。这种船按季候行驶,因为要大水大风方能行动。杜甫诗上描绘的"洋洋万斛船,影若扬白虹",也许指的就是这种水上东西。

比这种盐船略小,有两桅或单桅,船身异常秀气,头尾突然收敛,令人入目起尖锐印象,全身是黑的,名叫"乌江子"。它的特长是不怕风浪,运粮食越湖。它是洞庭湖上的竞走选手。形体结构上的特点是桅高、帆大、深舱、锐头。盖舱篷比船身小,因为船舷外还有护舱板。弄船人同船只本身一样,一看很干净,秀气斯文。行船既靠风,上下行都使帆,所以帆多整齐。船上用的水手不多,仅有的水手会拉篷,摇橹,撑篙,

/ 想念，往往不是刻意的 /

不会荡桨——这种船上便不常用桨。放空船时妇女还可代劳掌舵。这种船间或也沿河上溯，数目极少。船身材料薄，似不宜于冒险。这种船在沅水流域也算是外来客。

在沅水流域行驶，表现得富丽堂皇、气象不凡，可称为巨无霸的船只，应当数"洪江油船"。这种船多方头高尾，颜色鲜明，间或且有一点金漆装饰，尾梢有舵楼，可以安置家眷。大船下行可载三四千桶桐油，上行可载两千件棉花，或一票食盐。用橹手二十六人到四十人，用纤手三十人到六七十人，必待春水发后方上下行驶，路线系往返常德和洪江。每年水大至多上下三五回，其余大多时节都在休息中，成排结队停泊河面，俨然是河上的主人。船主照例是麻阳人，且照例姓滕，善交际，礼数清楚。常与大商号中人拜把子，攀亲家，行船时站在船后檀木舵把边，庄严中带点从容不迫神气，口中含了个竹马鞭短烟管，一面看水，一面吸烟。遇有身份的客人搭船，喝了一杯酒后，便向客人一五一十叙述这只油船的历史，载过多少有势力的军人、阔佬，或名驰沅水流域的妓女。换言之，就是这只船与当地"历史"发生多少关系！这种船只上的一切东西，无一不巨大坚实。

船主的装束在船上时看不出什么特别处，上岸时却穿长袍

（下脚过膝三四寸），罩青羽绫马褂，戴呢帽或小缎帽，佩小牛皮抱肚，用粗大银链系定，内中塞满了银圆。穿生牛皮靴子，走路时踏得很重。个子高高的，瘦瘦的。有一双大手，手上满是黄毛和青筋。会喝酒，打牌，且豪爽大方，吃花酒应酬时，大把银圆钞票从抱肚掏出，毫不吝啬。水手多强壮勇敢，眉目精悍，善唱歌、泅水、打架、骂野话。下水时如一尾鱼，上岸接近妇人时像一只小公猪。白天弄船，晚上玩牌，同样做得极有兴致。船上人虽多，却各有所事，从不紊乱。舱面永远整洁如新。拔锚开头时，必擂鼓敲锣，在船头烧纸烧香，煮白肉祭神，燃放千子头鞭炮，表示人神和乐，共同帮忙，一路福星。在开船仪式与行船歌声中，使人想起两千年前《楚辞》发生的原因，现在还好好的保留下来，今古如一。

比洪江油船小些，形式仿佛比较笨拙些（一般船只用木板做成，这种船竟像用木柱做成），平头大尾，一望而知船身十分坚实，有斗拳师的神气，名叫"白河船"。白河即酉水的别名。这种船只即行驶于沅水由常德到沅陵一段，酉水由沅陵到保靖一段。酉水滩流极险，船只必经得起磕撞。船只必载重方能压浪，因此尾部如臀，大而圆。下行时在船头缚大木桡一两把。木桡的用处是船只下滩，转头时比舵切于实际。照水上人俗谚

/ 想念，往往不是刻意的 /

说"三桨不如一篙，三橹不如一桡"。桡读作招。酉水浅而急，不常用橹，篙桨用处多，因此篙多特别长大，桨较粗硕，肥而短。船篷用粽子叶编成，不涂油。船主多永顺保靖人，姓向姓王姓彭占多数。酉水河床窄，滩流多，为应付自然，弄船人所需要的勇敢能耐也较多。行船时常用相互诅骂代替共同唱歌，为的是受自然限制较多，脾气比较坏一点。酉水是传说中古代藏书洞穴所在地，多的是高大宽敞充满神秘的洞穴。由沅陵起到酉阳止，沿酉水流域的每个县份总有几个洞穴。可是如沅陵的大酉洞、二酉洞，保靖的狮子洞，酉阳的龙洞，这些洞穴纵有书籍也早已腐烂了。到如今这条河流最多的书应当是宝庆纸客贩卖的石印本历书，每一条船上照例都有一本"皇历"。船家禁忌多，历书是他们行动的宝贝。河水既容易出事情，个人想减轻责任，因此凡事都俨然有天做主，由天处理，照书行事，比较心安，也少纠纷，船只出事时有所借口。酉水流域每个县份的船只，在形式上又各不相同，不过这些船不出白河，在常德能看到的白河油船，形体差不多全是一样。

沅水中部的辰溪县，出白石灰和黑煤，运载这两种东西的本地船叫作"辰溪船"，又名"广舶子"。它的特点和上述两种船只比较起来，显得材料脆薄而缺少个性。船身多是浅黑色，形状如土布机上的梭子,款式都不怎么高明。下行多满载一些不值钱的货,上行因无回头货便时常放空。船身脏,所运货又少时间性,满载下驶,危险性多,搭客不欢迎,因之弄船人对于清洁、时间就不甚关心。这种船上的席篷照例是不大完整的,布帆是破破碎碎的,给人印象如一个破落户。弄船人因闲而懒,精神多显得萎靡不振。

洞河(即泸溪)发源于乾城苗乡大小龙洞,和凤凰苗乡乌巢河。两条小河在乾城县的所里市相汇。向东流,到泸溪县,方和沅水同流,在这条河里的船就叫"洞河船",河源主流由苗乡梨林地方两个洞穴中流出,河床是乱石底子,所以水特别清,水性特别猛。船身必须从撞磕中挣扎,河身既小,船身也比较轻巧。船舷低而平,船头窄窄的。在这种船上水手中,我们可以发现苗人。不过见着他时我们不会对他有何惊奇,他也不会对我们有何惊奇。这种人一切和别的水上人都差不多,所不同处,不过是他那点老实、忠厚、纯朴、戆直性情——原人的性情,因为住在山中,比城市人保存得多点罢了。乾城人极聪明文雅,小手小脚小身材,唱山歌时嗓子非常好听,到码头边时,可特别沉默安静。船只太小了,不常有机会到这大码头边靠船。这种船停泊在河面时似乎很羞怯,正如水手们上街时一样羞怯。

/ 想念，往往不是刻意的 /

乾城用所里作本县吐纳货物的水码头。地方虽不大，小小石头城却很整齐干净，且出了几个近三十年来历史上有名姓的人物。段祺瑞①时代的陆军总长傅良佐②将军，是生长在这个小县城里的。东北军宿将，国内当前军人中称战术权威的杨安铭将军，也是这地方人。

在河上显得极活跃，极有生气，而且数量极多的，是普通的中型"麻阳船"。这种船头尾高举，秀拔而灵便。这种船只的出处是麻阳河（即辰溪）。每只船上都可见到妇人、孩子、童养媳。弄船人一面担负商人委托的事务，一面还担负上帝派定的工作，两方面都异常称职。沅水流域的转运事业，大多数由这地方人支配，人口繁荣的结果，且因此在常德城外多了一条麻阳街。"一切成功都必须争斗"，这原则也可用作麻阳街的说明。

据传说，这条街是个姓滕的水手滕老九双拳打出来的。我们若有兴趣特意到那条街上走走，可知道开小铺子的，做理发

---

① 段祺瑞（1865—1936）：中华民国时期著名政治家，皖系军阀首领，孙中山"护法运动"的主要讨伐对象。
② 傅良佐（1873—1924）：湖南乾州人，戊戌变法后，弃文从武，考入北洋武备学堂。日本留学归来后与蔡锷是同学，后为段祺瑞手下"四大金刚"（四大金刚其余三人：靳云鹏、徐树铮、吴光新）之一。

店生意的，卖船上家伙的，经营不用本钱最古职业的，全是麻阳乡亲，我们就会明白，原来参加这种争斗，每人都有一份。麻阳人的精力绝伦处，或者与地方出产有点关系，麻阳出各种橘子，糯米也极好，做甜酒特别相宜。人口加多，船只也越来越多，因此沅水水面的世界，一大半是麻阳人占有的。大凡船只停靠处，都有叫乡亲的麻阳人，乡亲所得的便利极多，平常外乡人，坐船时于是都叫麻阳人作"乡亲"。乡亲的特别是面目精悍而性情快乐，做水手的都能吃，能做，能喝，能打架。

　　船主上岸时必装扮成为一个小乡绅，如驾洪江油船的大老板一样穿袍穿褂，着生牛皮盘云长筒钉靴，戴有皮封耳的毡帽或博士帽，手指套上分量沉重金戒指，皮抱肚里装上许多大洋钱，短烟管上悬个老虎爪子，一端还镶包一片镂花银皮。见人就请教仙乡何处，贵府贵姓。本人大多数姓滕，名字"代富""宜贵"。对三十年来的本省政治，比起任何地方船主都熟习，都关心。欢喜讲礼教，臧否人物，且善于称引经典格言和当地俗谚，作为谈天时章本。恭维客人时必从恭维上增多一点收入，被客人恭维时便称客人为"知己"，笑嘻嘻地请客人喝包谷子酒。妇女在船上不特对于行船毫无妨碍，且常常是一个好帮手。妇女多壮实能干，大脚大手，善于生男育女。

/ 想念，往往不是刻意的 /

麻阳人中另外还有一双值得称赞的手，在湘西近百年实无匹敌，在国内也是一个少见的艺术家，是塑像师张秋潭那双手，小件艺术品多在烟盘边靠灯时用烟签完成的，无一不做得栩栩如生，至今还留下些在湘西私人手中。大件是各县庙宇天王观音等神像，辛亥以后破除迷信，毁去极多。

在常德水码头船只极小，漂浮水面如一片叶子，数量之多如淡干鱼，是专载客人用的"桃源划子"。木商与烟贩，上下办货的庄客，过路的公务员，放假的男女学生，同是这种小船的主顾。船身既轻小，上下行的速度较之其他船只快过一倍，下滩时可从边上小急流走，绝不会出事。在平潭中且可日夜赶程，不会受关卡留难。因此在有公路以前，这种小小船只实为沅水流域交通利器。弄船人工作不需如何紧张，开销又少，收入却较多。装载客人且多阔佬，同时桃源县人的性格又特别随和（沅水一到桃源后就变成一片平潭，再无恶滩急流，自然影响到水上人性情很大），所以弄船人脾气就马虎得多，很多是瘾君子，白天弄船，晚上便靠灯。有些家中人说不定还留在县里，经营一种不必需本钱的职业，分工合作，都不闲散。且能做客人向导，带访桃源洞的客人到所要到的新奇地方去。

在沅水流域上下行驶，停泊到常德码头应当称为"客人"

的船只，共有好几种，有从芷江上游黔东玉屏来的，有从麻阳河上游黔东铜仁来的，有从白河上游川东龙潭来的。玉屏船多就洪江转口，下行不多。龙潭船多从沅陵换货，下行不多。铜仁船装油碱下行的，有些庄号在常德，所以常直放常德。船只最引人注意处是颜色黄明照眼，式样轻巧，如竞赛用船。船头船尾细狭而向上翘举，舱底平浅，材料脆薄，给人视觉上感到灵便与愉快，在形式上可谓秀雅绝伦。弄船人，语言清婉，装束素朴，有些水手还穿齐膝的长衣，裹白头巾，风度整洁和船身极相称。船小而载重，故下行时船舷必缚茅束挡水。这种船停泊河中，仿佛极其谦虚，一种做客应有的谦虚。然而比同样大小的船只都整齐，一种做客不能不注意的整齐。

此外常德河面还有一种船只，数量极多，有的时常移动，有的又长久停泊。这些船的形式一律是方头、方尾、无桅、无舵。用木板作舱壁，开小小窗子，木板作顶。有些当作船主的金屋，有些又作遁逃者的窟穴。船上有招纳水手客人的本地土娼，有卖烟和糖食、小吃、猪蹄子粉面的生意人。此外算命卖卜的，圆光关亡的，无不可以从这种船上发现。船家做寿成亲，也多就方便借这种水上公馆举行，因此一遇黄道吉日，总是些张灯结彩，响器声，弦索声，大小炮仗声，划拳歌呼声，

/ 想念，往往不是刻意的 /

点缀水面热闹。

常德乡城本身也就类乎一只旱船，女作家丁玲[①]，法律家戴修瓒[②]，国学家余嘉锡[③]，是这只旱船上长大的。较上游的河堤比城中高得多，涨水时水就到了城边，决堤时城四围便是水了。常德沿河的长街，街市上大小各种商铺不下数千家，都与水手有直接关系。杂货店铺专卖船上用件及零用物，可说是它们全为水手而预备的。至如油盐、花纱、牛皮、烟草等等庄号，也可说水手是为它们而有的。此外如茶馆、酒馆和那经营最素朴职业的户口，水手没有它不成，它没水手更不成。

常德城内一条长街，铺子门面都很高大（与长沙铺子大同小异，近于夸张），木料不值钱，与当地建筑大有关系。地方滨湖，河堤另一面多平田泽地，产鱼虾、莲藕，因此鱼栈莲子栈延长了长街数里。多清真教门，因此牛肉特别肥鲜。

常德沿沅水上行九十里，才到桃源县，再上行二十五里，

---

① 丁玲（1904—1986）：原名蒋伟，毕业于上海大学中国文学系，中共党员，著名作家、社会活动家。著有长篇小说《太阳照在桑干河上》《莎菲女士的日记》，短篇小说集《在黑暗中》等。

② 戴修瓒（1887—1957）：著名法学教授，历任国立北京法政大学教务长、国民政府最高法院首席检察官、中国公学法律系主任等职位。

③ 余嘉锡（1884—1955）：中央研究院院士、语言学家、目录学家、古文献学家。著有《四库提要辨证》《古书通例》《世说新语笺疏》等。

方到桃源洞。千年前武陵渔人如何沿溪走到桃花源，这路线尚无好事的考古学家说起。现在想到桃源访古的"风雅人"，大多数只好坐公共汽车去。在桃源县想看到老幼黄发垂髫，怡然自乐的光景，并不容易。不过或者因为历史的传统，地方人倒很和气，保存一点古风。也知道欢迎客人，杀鸡作黍，留客住宿。虽然多少得花点钱，数目并不多。可是一个旅行者应当知道，这些人赠送游客的礼物，有时不知不觉太重了点，最好倒是别大意，莫好奇，更不要因为记起宋玉所赋的高唐神女，刘晨阮肇天台所遇的仙女，想从经验中去证实故事。不妨学个老江湖，少生事！当地纵多神女仙女，可并不是为外来读书人游客预备的，沅水流域的木竹排商人是唯一受欢迎者。好些极大的木竹筏，到桃源后不久就无影无踪不见了的。

政治家宋教仁[①]，老革命党覃振[②]，同是桃源县人。桃源县有个省立第二女子师范学校，五四运动谈男女解放平等，最先要求男女同校，且实现它，就是这个学校的女学生。

[①] 宋教仁（1882—1913）：中国近代革命先驱者之一，被称为"中国宪政之父"。1913年，宋教仁在上海火车站遇刺不治身亡，年仅三十一岁。

[②] 覃振（1884—1947）：著名爱国人士，辛亥革命先驱，去世后以国葬规格葬于长沙岳麓山。

第 4 章

将一生过往交给忆念

——

> 我生活中充满了疑问,都得我自己去找寻解答。我要知道的太多,所知道的又太少,有时便有点发愁。

我 的 家 庭

咸同之季，中国近代史极可注意之一页，曾左胡彭[1]所领带的湘军部队中，有个相当的位置。统率湘军转战各处的是一群青年将校，原多卖马草为生，最著名的为田兴恕[2]。当时同伴数人，年在二十左右，同时得到清朝提督衔的共有四位，其中有一沈洪富，便是我的祖父。这青年军官二十二岁左右时，便曾做过一度云南昭通镇守使。同治二年，二十六岁又做过贵州

---

[1] 曾左胡彭：晚清中兴四大名臣。分别指曾国藩、左宗棠、胡林翼、彭玉麟。

[2] 田兴恕（1836—1877）：苗族，清朝将领，二十四岁任贵州提督，并诏授钦差大臣。二十五岁，兼任贵州巡抚，掌握了贵州的军事大权。

总督，到后因创伤回到家中，终于便在家中死掉了。这青年军官死去时，所留下的一分光荣与一份产业，使他后嗣在本地方占了个较优越的地位。祖父本无子息，祖母为住乡下的叔祖父沈洪芳娶了个苗族姑娘，生了两个儿子，把老二过房做儿子。照当地习惯，和苗人所生儿女无社会地位，不能参与文武科举，因此这个苗女人被远远嫁去，乡下虽埋了个坟，却是假的。我照血统说，有一部分应属于苗族。我四五岁时，还曾回到黄罗寨乡下去那个坟前磕过头，到一九二二年离开湘西时，在沅陵才从父亲口中明白这件事情。

就由于存在本地军人口中那一份光荣，引起了后人对军人家世的骄傲，我的父亲生下两岁以后过房进到城里时，祖母所期望的事，是家中再来一个将军。家中所期望的并不曾失望，自体魄与气度两方面说来，我爸爸生来就不缺少一个将军的风仪。硕大、结实、豪放、爽直，一个将军所必需的种种本色，爸爸无不兼备。爸爸十岁左右时，家中就为他请了个武术教师同老塾师，学习做将军所不可少的技术与学识。但爸爸还不曾成名以前，我的祖母却死去了。那时正是庚子联军入京的第三年。当庚子年大沽失守，镇守大沽的罗提督自尽殉职时，我的

/ 想念，往往不是刻意的 /

爸爸便正在那里做他身边一员裨将。那次战争据说毁去了我家中产业的一大半。由于爸爸的爱好，家中一点较值钱的宝货常放在他身边，这一来，便完全失掉了。战事既已不可收拾，北京失陷后，爸爸回到了家乡。第三年祖母死去。祖母死时我刚活到这世界上四个月。那时我头上已经有两个姐姐，一个哥哥。没有庚子的义和团反帝战争，我爸爸不会回来，我也不会存在。关于祖母的死，我仿佛还依稀记得我被谁抱着在一个白色人堆里转动，随后还被搁到一个桌子上去。我家中自从祖母死后十余年内不曾死去一人，若不是我在两岁以后做梦，这点影子便应当是那时唯一的记忆。

我的兄弟姊妹共九个，我排行第四，除去幼年殇去的姊妹，现在生存的还有五个，计兄弟姊妹各一，我应当在第三。

我的母亲姓黄①，年纪极小时就随同我一个舅父在军营中生活，所见事情很多，所读的书也似乎较爸爸读的稍多。外祖黄河清是本地最早的贡生，守文庙做书院山长，也可说是当地唯一读书人。所以我母亲极小就认字读书，懂医方，会照相。舅父是个有新头脑的人物，本县第一个照相馆是舅父办的，第一

---

① 沈从文的母亲姓黄名英。

个邮政局也是舅父办的。我等兄弟姊妹的初步教育，便全是这个瘦小、机警、富于胆气与常识的母亲担负的。我的教育得于母亲的不少，她告我认字，告我认识药名，告我思考和决断——做男子极不可少的思考以后的决断。我的气度得于父亲影响的较少，得于妈妈的似较多。

我读一本小书同时又读一本大书

我能正确记忆到我小时的一切,大约在两岁左右。我从小到四岁左右,始终健全肥壮如一只小豚。四岁时母亲一面告给我认方字,外祖母一面便给我糖吃,到认完六百生字时,腹中生了蛔虫,弄得黄瘦异常,只得每天用草药蒸鸡肝当饭。那时节我就已跟随了两个姐姐,到一个女先生处上学。那人既是我的亲戚,我年龄又那么小,过那边去念书,坐在书桌边读书的时节较少,坐在她膝上玩的时间或者较多。

到六岁时,我的弟弟方两岁,两人同时出了疹子。时正六月,日夜皆在吓人高热中受苦。又不能躺下睡觉,一躺下就咳嗽发喘。又不要人抱,抱时全身难受。我还记得我同我那弟弟两人当时皆用竹簟卷好,同春卷一样,竖立在屋中阴凉处。家中人当时业已为我们预备了两具小小棺木搁在廊下。十分幸运，两人到后居然全好了。我的弟弟病后家中特别为他请了一个壮实高大的苗妇人照料，照料得法，他便壮大异常。我因此一病，却完全改了样子，从此不再与肥胖为缘，成了个小猴儿精了。

六岁时我已单独上了私塾。如一般风气，凡是私塾中给予小孩子的虐待，我照样也得到了一份。但初上学时我因为在家中业已认字不少，记忆力从小又似乎特别好，比较其余小孩，可谓十分幸福。第二年后换了一个私塾，在这私塾中我跟从了几个较大的学生，学会了顽劣孩子抵抗顽固塾师的方法，逃避那些书本，去同一切自然相亲近。这一年的生活形成了我一生性格与感情的基础。我间或逃学，且一再说谎，掩饰我逃学应受的处罚。我的爸爸因这件事十分愤怒，有一次竟说若再逃学说谎，便当砍去我一个手指。我仍然不为这话所恐吓，机会一来时总不把逃学的机会轻轻放过。当我学会了用自己眼睛看世界一切，到不同社会中去生活时，学校对于我便已毫无兴味可言了。

我爸爸平时本极爱我，我曾经有一时还做过我那一家的中心人物。稍稍害点病时，一家人便光着眼睛不睡眠，在床边服

/ 想念，往往不是刻意的 /

侍我，当我要谁抱时谁就伸出手来。家中那时经济情形还很好，我在物质方面所享受到的，比起一般亲戚小孩似乎都好得多。我的爸爸既一面只做将军的好梦，一面对于我却怀了更大的希望。他仿佛早就看出我不是个军人，不希望我做将军，却告诉我祖父的许多勇敢光荣的故事，以及他庚子年间所得的一份经验。他因为欢喜京戏，只想我学戏，做谭鑫培[①]。他以为我不拘做什么事，总之应比做个将军高些。第一个赞美我明慧的就是我的爸爸。可是当他发现了我成天从塾中逃出到太阳底下同一群小流氓游荡，任何方法都不能拘束这颗小小的心，且不能禁止我狡猾地说谎时，我的行为实在伤了这个军人的心。同时那小我四岁的弟弟，因为看护他的苗妇人照料十分得法，身体养育得强壮异常，年龄虽小，便显得气派宏大，凝静结实，且极自重自爱，故家中人对我感到失望时，对他便异常关切起来。这小孩子到后来也并不辜负家中人的期望，二十二岁时便做了步兵上校。至于我那个爸爸，却在内蒙古、东北、西藏，各地处军队中混过，民国二十年时还只是一个上校，在本地土

[①] 谭鑫培（1847—1917）：中国著名京剧表演艺术大师，被尊称为"京剧界鼻祖"，行内有"无腔不学谭"之说。1905年，谭鑫培拍摄的黑白无声影片《定军山》成了中国第一部电影。

著军队里做军医（后改为中医院长），把将军希望留在弟弟身上，在家乡从一种极轻微的疾病中便瞑目了。

我有了外面的自由，对于家中的爱护反觉处处受了牵制，因此家中人疏忽了我的生活时，反而似乎使我方便了好些。领导我逃出学塾，尽我到日光下去认识这大千世界微妙的光，稀奇的色，以及万汇百物的动静，这人是我一个张姓表哥。他开始带我到他家中橘柚园中去玩，到城外山上去玩，到各种野孩子堆里去玩，到水边去玩。他教我说谎，用一种谎话对付家中，又用另一种谎话对付学塾，引诱我跟他各处跑去。即或不逃学，学塾为了担心学童下河洗澡，每到中午散学时，照例必在每人手心中用朱笔写个大字，我们尚依然能够一手高举，把身体泡到河水中玩个半天。这方法也亏那表哥想出的。我感情流动而不凝固，一派清波给予我的影响实在不小。我幼小时较美丽的生活，大部分都同水不能分离。我的学校可以说是在水边的。我认识美，学会思索，水对我有较大的关系。我最初与水接近，便是那荒唐表哥领带的。

现在说来，我在做孩子的时代，原来也不是个全不知自重的小孩子。我并不愚蠢。当时在一班表兄弟和弟兄中，似乎只有我那个哥哥比我聪明，我却比其他一切孩子懂事。但自从那

/ 想念，往往不是刻意的 /

表哥教会我逃学后，我便成为毫不自重的人了。在各样教训各样的方法管束下，我不欢喜读书的性情，从塾师方面，从家庭方面，从亲戚方面，莫不对于我感觉到无多希望。我的长处到那时只是种种的说谎。我非从学塾逃到外面空气下不可，逃学过后又得逃避处罚。我最先所学，同时拿来致用的，也就是根据各种经验来制作各种谎话。我的心总得为一种新鲜声音、新鲜颜色、新鲜气味而跳。我得认识本人生活以外的生活。我的智慧应当从直接生活上吸收消化，却不须从一本好书一句好话上学来。似乎就只这样一个原因，我在学塾中，逃学记录点数，在当时便比任何一人都高。

离开私塾转入新式小学时，我学的总是学校以外的。到我出外自食其力时，我又不曾在职务上学好过什么，二十年后我"不安于当前事务，却倾心于现世光色，对于一切成例与观念皆十分怀疑，却常常为人生远景而凝眸"，这份性格的形成，便应当溯源于小时在私塾中的逃学习惯。

自从逃学成习惯后，我除了想方设法逃学，什么也不再关心。

有时天气坏一点，不便出城上山里去玩，逃了学没有什么去处，我就一个人走到城外庙里去。本地大建筑在城外计三十来处，除了庙宇就是会馆和祠堂。空地广阔，因此均为小手工业工人所利用。那些庙里总常常有人在殿前廊下绞绳子，织竹簟，做香，我就看他们做事。有人下棋，我看下棋。有人打拳，我看打拳。甚至于相骂，我也看着，看他们如何骂来骂去，如何结果。因为自己既逃学，走到的地方必不能有熟人，所到的必是较远的庙里。到了那里，既无一个熟人，因此什么事都只好用耳朵听，眼睛去看，直到看无可看听无可听时，我便应当设计打量我怎么回家去的方法了。

来去学校我得拿一个书篮。内中有十多本破书，由《包句杂志》《幼学琼林》到《论语》《诗经》《尚书》通常得背诵。分量相当沉重。逃学时还把书篮挂到手肘上，这就未免太蠢了一点。凡这么办的可以说是不聪明的孩子。许多这种小孩子，因为逃学到各处去，人家一见就认得出，上年纪一点的人见到时就会说："逃学的，赶快跑回家挨打去，不要在这里玩。"若无书篮可不会受这种教训。因此我们就想出了一个方法，把书篮寄存到一个土地庙里去。那地方无一个人看管，但谁也用不着担心他的书篮。小孩子对于土地神全不缺少必需的敬畏，都信托这木偶，把书篮好好地藏到神座凳子里去，常常同时有五个或八个，到时却各人把各人的拿走，谁也不会乱动旁人的

/ 想念，往往不是刻意的 /

东西。我把书篮放到那地方去，次数是不能记忆了的，照我想来，次数最多的必定是我。

逃学失败被家中学校任何一方面发觉时，两方面总得各挨一顿打。在学校得自己把板凳搬到孔夫子牌位前，伏在上面受笞。处罚过后还要对孔夫子牌位作一揖，表示忏悔。有时又常常罚跪至一根香时间。我一面被处罚跪在房中的一隅，一面便记着各种事情，想象恰好生了一对翅膀，凭经验飞到各样动人事物上去。按照天气寒暖，想到河中的鳜鱼被钓起离水以后拨剌的情形，想到天上飞满风筝的情形，想到空山中歌呼的黄鹂，想到树木上累累的果实。由于最容易神往到种种屋外东西上去，反而常把处罚的痛苦忘掉，处罚的时间忘掉，直到被唤起以后为止，我就从不曾在被处罚中感觉过小小冤屈。那不是冤屈。我应感谢那种处罚，使我无法同自然接近时，给我一个练习想象的机会。

家中对这件事自然照例不大明白情形，以为只是教师方面太宽的过失，因此又为我换一个教师。我当然不能在这些变动上有什么异议。这事对我说来，我倒又得感谢我的家中。因为先前那个学校比较近些，虽常常绕道上学，终不是个办法，且因绕道过远，把时间耽误太久时，无可托词。现在的学校可真很远很远了，不必包绕偏街，我便应当经过许多有趣味的地方了。从我家中到那个新的学塾里去时，路上我可看到针铺门前永远必有一个老人戴了极大的眼镜，低下头来在那里磨针。又可看到一个伞铺，大门敞开，做伞时十几个学徒一起工作，尽人欣赏。又有皮靴店，大胖子皮匠，天热时总腆出一个大而黑的肚皮（上面有一撮毛！），用夹板绱鞋。又有剃头铺，任何时节总有人手托一个小小木盘，呆呆地在那里尽剃头师傅刮脸。又可看到一家染坊，有强壮多力的苗人，踹在凹形石碾上面，站得高高的，手扶着墙上横木，偏左偏右的摇荡。又有三家苗人打豆腐的作坊，小腰白齿头包花帕的苗妇人，时时刻刻口上都轻声唱歌，一面引逗缚在身背后包单里的小苗人，一面用放光的红铜勺舀取豆浆。我还必须经过一个豆粉作坊，远远地就可听到骡子推磨隆隆的声音，屋顶棚架上晾满白粉条。我还得经过一些屠户肉案桌，可看到那些新鲜猪肉砍碎时尚在跳动不止。我还得经过一家扎冥器出租花轿的铺子，有白面无常鬼、蓝面阎罗王、鱼龙、轿子、金童玉女。每天且可以从他那里看出有多少人接亲，有多少冥器，那些定做的作品又成就了多少，换了些什么式样。并且还常常停顿下来，看他们贴金敷粉，涂色，一站许久。

/ 想念，往往不是刻意的 /

我就欢喜看那些东西，一面看一面明白了许多事情。

每天上学时，我照例手肘上挂了那个竹书篮，里面放十多本破书。在家中虽不敢不穿鞋，可是一出了大门，即刻就把鞋脱下拿到手上，赤脚向学校走去。不管如何，时间照例是有多余的，因此我总得绕一节路玩玩。若从西城走去，在那边就可看到牢狱，大清早若干人带了脚镣从牢中出来，派过衙门去挖土。若从杀人处走过，昨天杀的人还没有收尸，一定已被野狗把尸首咬碎或拖到小溪中去了，就走过去看看那个糜碎了的尸体，或拾起一块小小石头，在那个污秽的头颅上敲打一下，或用一木棍去戳戳，看看会动不动。若还有野狗在那里争夺，就预先拾了许多石头放在书篮里，随手一一向野狗抛掷，不再过去，只远远地看看，就走开了。

既然到了溪边，有时候溪中涨了小小的水，就把裤管高卷，书篮顶在头上，一只手扶着，一只手照料裤子，在沿了城根流去的溪水中走去，直到水深齐膝处为止。学校在北门，我出的是西门，又进南门，再绕从城里大街一直走去。在南门河滩方面我还可以看一阵杀牛，机会好时恰好正看到那老实可怜畜生放倒的情形。因为每天可以看一点点，杀牛的手续同牛内脏的位置，不久也就被我完全弄清楚了。再过去一点就是边街，有织簟子的铺子，每天任何时节皆有几个老人坐在门前小凳子上，用厚背的钢刀破篾，有两个小孩子蹲在地上织簟子（我对于这一行手艺所明白的种种，现在说来似乎比写字还在行）。又有铁匠铺，制铁炉同风箱皆占据屋中，大门永远敞开着，时间即或再早一些，也可以看到一个小孩子两只手拉着风箱横柄，把整个身子的分量前倾后倒，风箱于是就连续发出一种吼声，火炉上便放出一股臭烟同红光。待到把赤红的热铁拉出搁放到铁砧上时，这个小东西，赶忙舞动细柄铁锤，把铁锤从身背后扬起，在身面前落下，火花四溅地一下一下打着。有时打的是一把刀，有时打的是一件农具。有时看到的又是这个小学徒跨在一条大板凳上，用一把凿子在未淬水的刀上起去铁皮，有时又是把一条薄薄的钢片嵌进熟铁里去。日子一多，关于任何一件铁器的制造秩序，我也不会弄错了。边街又有小饭铺，门前有个大竹筒，插满了用竹子削成的筷子。有干鱼同酸菜，用钵头装满放在门前柜台上。引诱主顾上门，意思好像是说："吃我，随便吃我，好吃！"每次我总仔细看看，真所谓"过屠门而大嚼"，也过了瘾。

　　我最欢喜天上落雨，一落了小雨，若脚下穿的是布鞋，即或天气正当十冬腊月，我也要以恐怕湿却鞋袜为辞，有理由即

205

/ 想念，往往不是刻意的 /

刻脱下鞋袜赤脚在街上走路。但最使人开心事，还是落过大雨以后，街上许多地方已被水所浸没，许多地方阴沟中涌出水来，在这些地方照例常常有人不能过身，我却赤着两脚故意向深水中走去。若河中涨了大水，照例上游会漂流得有木头、家具、南瓜同其他东西，就赶快到横跨大河上的桥上去看热闹。桥上必已经有人用长绳系定了自己的腰身，在桥头上待着，注目水中，有所等待。看到有一段大木或一件值得下水的东西浮来时，就踊身一跃，骑到那树上，或傍近物边，把绳子缚定，自己便快快地向下游岸边泅去。另外几个在岸边的人把水中人援助上岸后，就把绳子拉着，或缠绕到大石上、大树上去，于是第二次又有第二人来在桥头上等候。我欢喜看人在洄水里扳罾①，巴掌大的活鲫鱼在网中蹦跳。一涨了水，照例也就可以看这种有趣味的事情。照家中规矩，一落雨就得穿上钉鞋，我可真不愿意穿那种笨重钉鞋。虽然在半夜时有人从街巷里过身，钉鞋声音实在好听，大白天对于钉鞋，我依然毫无兴味。

若在四月落了点小雨，山地里田塍上各处都是蟋蟀声音，真使人心花怒放。在这些时节，我便觉得学校真没有意思，简

---

① 罾：一种用木棍或竹竿做支架的方形渔网。

直坐不住，总得想方设法逃学上山去捉蟋蟀。有时没有什么东西安置这小东西，就走到那里去，把第一只捉到手后又捉第二只，两只手各有一只后，就听第三只。本地蟋蟀原分春秋二季，春季的多在田间泥里、草里，秋季的多在人家附近石罅里、瓦砾中，如今既然这东西只在泥层里，故即或两只手心各有一匹小东西后，我总还可以想方设法把第三只从泥土中赶出，看看若比较手中的大些，即开释了手中所有，捕捉新的，如此轮流换去，一整天方捉回两只小虫。城头上有白色炊烟，街巷里有摇铃铛卖煤油的声音，约当下午三点左右时，赶忙走到一个刻花板的老木匠那里去，很兴奋地同那木匠说："师傅师傅，今天可捉了大王来了！"

那木匠便故意装成无动于衷的神气，仍然坐在高凳上玩他的车盘，正眼也不看我的说："不成，要打赌得赌点输赢！"我说："输了替你磨刀成不成？"

"嗨，够了，我不要你磨刀，你哪会磨刀！上次磨凿子还磨坏了我的家伙！"

这不是冤枉我，我上次的确磨坏了他一把凿子。不好意思再说磨刀了，我说："师傅，那这样办法，你借给我一个瓦盆子，让我自己来试试这两只谁能干些好不好？"我说这话时真

207

怪和气，为的是他以逸待劳，若不允许我还是无办法。

那木匠想了想，好像莫可奈何才让步的样子："借盆子得把战败的一只给我，算作租钱。"

我满口答应："那成，那成。"

于是他方离开车盘，很慷慨地借给我一个泥罐子，顷刻之间我就只剩下一只蟋蟀了。这木匠看看我捉来的虫还不坏，必向我提议："我们来比比，你赢了我借你这泥罐一天；你输了，你把这蟋蟀输给我，办法公平不公平？"我正需要那么一个办法，连说"公平，公平"，于是这木匠进去了一会儿，拿出一只蟋蟀来同我的斗，不消说，三五回合我的自然又败了。他的蟋蟀照例却常常是我前一天输给他的。那木匠看看我有点颓丧，明白我认识那匹小东西，担心我生气时一摔，一面赶忙收拾盆罐，一面带着鼓励我的神气笑笑地说："老弟，老弟，明天再来，明天再来！你应当捉好的来，走远一点。明天来，明天来！"

我什么话也不说，微笑着，出了木匠的大门，空手回家了。

这样一整天在为雨水泡软的田塍上乱跑，回家时常常全身是泥，家中当然一望而知，于是不必多说，沿老例跪一根香，罚关在空房子里，不许哭，不许吃饭。等一会儿我自然可以从姐姐方面得到充饥的东西。悄悄地把东西吃下以后，我也疲倦了，因此空房中即或再冷一点，老鼠来去很多，一会儿就睡着，再也不知道如何上床的事了。

即或在家中那么受折磨，到学校去时又免不了补挨一顿板子。我还是在想逃学时就逃学，决不为经验所恐吓。

有时逃学又只是到山上去偷人家园地里的李子、枇杷，主人拿着长长的竹竿大骂着追来时，就飞奔而逃，逃到远处一面吃那个赃物，一面还唱山歌气那主人，总而言之，人虽小小的，两只脚跑得很快，什么茨棚里钻去也不在乎，要捉我可捉不到，就认为这种事很有趣味。

可是只要我不逃学，在学校里我是不至于像其他那些人受处罚的。我从不用心念书，但我从不在应当背诵时节无法对付。许多书总是临时来读十遍八遍，背诵时节却居然朗朗上口，一字不遗。也似乎就由于这份小小聪明，学校把我同一般同学一样待遇，更使我轻视学校。家中不了解我为什么不想上进，不好好地利用自己的聪明用功，我不了解家中为什么只要我读书，不让我玩。我自己总以为读书太容易了点，把认得的字记记那不算什么稀奇。最稀奇处应当是另外那些人，在他那

/ 想念，往往不是刻意的 /

份习惯下所做的一切事情。为什么骡子推磨时得把眼睛遮上？为什么刀得烧红时在水里一淬方能坚硬？为什么雕佛像的会把木头雕成人形，所贴的金那么薄又用什么方法做成？为什么小铜匠会在一块铜板上钻那么一个圆眼，刻花时刻得整整齐齐？这些古怪事情太多了。

我生活中充满了疑问，都得我自己去找寻解答。我要知道的太多，所知道的又太少，有时便有点发愁。就为的是白日里太野，各处去看，各处去听，还各处去嗅闻：死蛇的气味，腐草的气味，屠户身上的气味，烧碗处土窑被雨淋以后放出的气味，要我说来虽当时无法用言语去形容，要我辨别却十分容易。蝙蝠的声音，一只黄牛当屠户把刀刺进它喉中时叹息的声音，藏在田塍土穴中大黄喉蛇的鸣声，黑暗中鱼在水面拨刺的微声，全因到耳边时分量不同，我也记得那么清清楚楚。因此回到家里时，夜间我便做出无数稀奇古怪的梦。这些梦直到将近二十年后的如今，还常常使我在半夜时无法安眠，既把我带回到那个"过去"的空虚里去，也把我带往空幻的宇宙里去。

在我面前的世界已够宽广了，但我似乎还得一个更宽广的世界。我得用这方面得到的知识证明那方面的疑问。我得从比较中知道谁好谁坏。我得看许多业已由于好询问别人，以及好自己幻想所感觉到的世界上的新鲜事情、新鲜东西。结果能逃学时我逃学,不能逃学我就只好做梦。

照地方风气说来,一个小孩子野一点的,照例也必需强悍一点,才能各处跑去。因为一出城外,随时都会有一样东西突然扑到你身边来,或是一只凶恶的狗,或是一个顽劣的人。无法抵抗这点袭击,就不容易各处自由放荡。一个野一点的孩子,即或身边不必时时刻刻带一把小刀,也总得带一削尖的竹块,好好的插到裤带上,遇机会到时,就取出来当作武器。尤其是到一个离家较远的地方去看木傀儡戏,不准备厮杀一场简直不成。你能干点,单身往各处去,有人挑战时,还只是一人近你身边来恶斗。若包围到你身边的顽童人数极多,你还可挑选同你精力相差不大的一人,你不妨指定其中一个说:"要打吗?你来,我同你来。"

到时也只那一个人拢来。被他打倒,你活该,只好伏在地上尽他压着痛打一顿。你打倒了他,他活该,把他揍够后你可以自由走去,谁也不会追你,只不过说句"下次再来"罢了。

可是你根本上若就十分怯弱,即或结伴同行,到什么地方去时,也会有人特意挑出你来殴斗。应战你得吃亏,不答应你得被仇人与同伴两方面奚落,顶不经济。

/ 想念，往往不是刻意的 /

感谢我那爸爸给了我一分勇气，人虽小，到什么地方去我总不害怕。到被人围上必须打架时，我能挑出那些同我不差多少的人来，我的敏捷同机智，总常常占点上风。有时气运不佳，不小心被人摔倒，我还会有方法翻身过来压到别人身上去。在这件事上我只吃过一次亏，不是一个小孩，却是一只恶狗，把我攻倒后，咬伤了我一只手。我走到任何地方去都不怕谁，同时因换了好些私塾，各处皆有些同学，大家既都逃过学，便有无数朋友，因此也不会同人打架了。可是自从被那只恶狗攻倒过一次以后，到如今我却依然十分怕狗（有种两脚狗我更害怕，对付不了）。

至于我那地方的大人，用单刀、扁担在大街上决斗本不算回事。事情发生时，那些有小孩子在街上玩的母亲，只不过说："小杂种，站远一点，不要太近！"嘱咐小孩子稍稍站开点儿罢了。本地军人互相砍杀虽不出奇，行刺暗算却不作兴。这类善于殴斗的人物，有军营中人，有哥老会中老幺，有好打不平的闲汉，在当地另成一帮，豁达大度，谦卑接物，为友报仇，爱义好施，且多非常孝顺。但这类人物为时代所陶冶，到民五以后也就渐渐消灭了。

虽有些青年军官还保存那点风格，风格中最重要的一点洒脱处，却为了军纪一类影响，大不如前辈了。

我有三个堂叔叔、两个姑姑都住在城南乡下，离城四十里左右。那地方名黄罗寨，出强悍的人同猛鸷的兽。我爸爸三岁时在那里差一点险被老虎咬去。我四岁左右，到那里第一天，就看见四个乡下人抬了一只死老虎进城，给我留下极深刻的印象。

还有一个表哥，住在城北十里地名长宁哨的乡下，从那里再过去十里便是苗乡。表哥是一个紫色脸膛的人，一个守碉堡的战兵。我四岁时被他带到乡下去过了三天，二十年后还记得那个小小城堡黄昏来时鼓角的声音。

这战兵在苗乡有点威信，很能喊叫一些苗人。每次来城时，必为我带一只小斗鸡或一点别的东西。一来为我说苗人故事，临走时我总不让他走。我欢喜他，觉得他比乡下叔父能干、有趣。

我的小学教育

木 傀 儡 戏

二月八，土地菩萨生日，街头街尾，有得是戏！土地堂前头，只要剩下来约两丈宽窄的空地，闹台就可以打起来了。

这类木傀儡戏，与其说是为娱乐土地一对老夫妇，不如说是为逗全街的孩子欢心为合式。别的功果，譬如说，单是用胡椒面也得三十斤的打大醮，捐钱时，大多都是论家中贫富为多少的；唯有土地戏，却由募捐首士清查你家小孩子多少。像我们家有五个姊妹的，虽然明知道并不会比对门张家多谷多米，但是钱，总捐得格外多。不捐，那是不行的。小孩子看戏不看戏可不问，但若是你家中孩子比别人两倍多，出捐太少，在自己良心上说来，也不好意思。

戏虽在普通一般人家吃过早饭后才开场，很早很早，那个地方就会已为不知谁个打扫得干干净净了。唯有"土地堂前猪屎多"，在平时，猪之类，爱在土地堂前卸脱它的粪便，几乎是成了通例的；唱戏日，大家临时就懂了公德心，知道妨碍了看戏是大家所抱怨的，于是，这一天，就把猪关禁起来了。你若高兴，早早地站在自己门前，总可以见到戏箱子过去，押箱子的我们不要问就可以知道是"管班"。每一口箱子由两个挑水的人抬着，箱子上有各样好看的金红漆花，有钉子，有金纸剪就"黄金万两"连连牵牵的吉利字，一把大牛尾锁把一些木头人物关闭着。呵，想象到那些花脸、旦角，尤其是爱做笑样子的小丑，鼻子上一片白粉豆腐干似的贴着，短短的胡子……而它们，这时是一起睡在那一只大木箱子里，将要做些什么？真可念！我们又可以看到一批年老的伯娘婆婆，搬了凳子，预先去占座位的。做生意的，如像本街光和的米豆腐担子，包娘的酸萝卜篮子，也颇早的就去把地盘找就了。

饭吃了，一十六个大字，照例的每日功课，在一种毫不用心随随便便的举动下，用淡淡的墨水描到一张老连纸上后，所候的就是"过午"那三十枚制钱了。关于钱的用处，那是预先

/ 想念，往往不是刻意的 /

就得支配的。所有花费账单大致如下：

> 面（或饺子）一碗，十二文。
> 甘蔗一节，三文。
> 酸萝卜（或蒜苗），五文。
> 四喜的凉糕，四文。
> 老强母亲的膏粱甜酒，三文。
> 余三文作临时费。

凉糕，同膏粱甜酒，母亲于出门时，总有三次以上嘱咐不得买吃的，但倘若是并无其他相当代替东西时，这两样，仍然是不忍放弃的。有时可以把甘蔗钱移来买三颗大李子，吃了西瓜则不吃凉糕。倘若是剩钱，那又怎么办？钱一多，那就只好拿来放到那类投机事业上去碰了！向抽签的去抽糖罗汉，有时运气好，也得颇大的糖土地。又可以直接去换钱，去同人赌骰子，掷"三子侯"。钱用完时，人倦了，纵然戏正有趣，回家也是时候了。遇到看戏日，是日家中为敬土地的缘故，菜必格外丰富。"土地怎不每月有一个生日呢？"用一种奇怪的眼睛瞅着桌上陈列的白煮母鸡，问妈，妈却无反应。待到白煮鸡只剩下些脚掌肋巴骨时，戏台边又见到嘴边还抹油的我们了。

在镇筸，一个石头镶嵌就的圆城圈子里住下来的人，是苗人占三分之一，外来迁入汉人占三分之二混合居住的。虽然多数苗人还住在城外，但风俗，性质，是几乎可以说已彼此同锡与铅样，融合成一锅后，彼此都同化了。时间是一世纪以上，因此，近来有一类人，就是那类说来俨然像骂人似的，所谓"杂种"，就很多很多。起初由总兵营一带，或更近贵州一带苗乡进到城中的，我们当然可以从他走路的步法上也看得出这是"老庚"，纵然就把衣服全换。但要一个人，说出近来如吴家、杨家这两族人究竟是属于哪一边，这是不容易也是不可能的！若果"苗女儿都特别美"，这一个例可以通过，我们就只好说凡是吴家、杨家女儿美的就是苗人了。但这不消说是一个笑话。或者他们两家人，自己就无从认识他的祖宗。

苗人们勇敢、好斗、朴质的行为，到近来乃形成了本地少年人一种普遍的德行。关于打架，少年人秉承了这种德行。每一天每一个晚间，除开落雨，每一条街上，都可以见到若干不上十二岁的小孩，徒手或执械，在街中心相殴相扑。这是实地练习，这是一种预备，一种为本街孩子光荣的预备！全街小孩子，恐怕是除非生了病，不在场的怕是无一个罢。他们把孩子

/ 想念，往往不是刻意的 /

分成两组，各由一较大的，较挨得起打的，头上有了成绩在孩子队中出过风头的，一个人在别处打了架回来为本街挣了面子的，领率统辖。统辖的称为官，在前清，这人是道台，是游击，到革命以后，城中有了团长、旅长，于是他们衔头也随着改变了。我曾做过七回都督，六弟则做过民政长。都督的义务是为兄弟伙凑钱备打架的南竹片；利益——则行动不怕别人欺侮，到处看戏有人护卫而已。

晚上，大家无事，正好集合到衙门口坪坝上一类较宽敞地方，练习打筋斗、拿顶、倒转手来走路。或者，把由自己刮削得光生生的南竹片子拿在手上，选对子出来，学苗人打堡子时那样拼命。命固不必拼，但，互相攻击，除开头脸、心窝、"麻雀"，只在一些死肉上打下，可以炼磨成一个挨得起打的英雄好汉，那是事实罢。不愿用家伙的，所谓"文劲"，仍可以由都督，选出两队相等的小傻子来，把手拉斜抱了别个的身，垂下屁股，互相扭缠，同一条蛇样，到某一个先跌到地上时为止，又再换人。此类比赛，范围有限，所以大家就把手牵成一个大圈儿，让两人在圈中来玩。都督一声吆喝，两个牛劲就使出了。倒下而不愿再起的，算是败了。败者为胜利的作一个揖，表示投降，另一场便又可以起头。也有那类英雄，用腰带绑其一手，以一手同人来斗的，也有两人与一人斗的。总之，此种练习，以起疱为止，流血也不过凶，不然，胜利者也觉没趣，因为没一个同街的啼哭回家，则胜利者的光荣，早已全失去了。

这一街与另一街必得成仇，不然，孩子们便找不出实际显示功夫的一天！遇到某街某弄，土地戏开场，他们就有的是乐了。先日相约下来，做个预备。行使通知的归都督，由都督下令团长去各家报告。各人自预备下应用的军器，这真是少不得的一件东西！固然，正式冲锋上，有由各方首领各选人才，出面单独角力用不着军器的时候，但，终少不了！少了军器，到说"各亮器械宽阔处去"时，恐怕气概就老不老早先馁下了。或是短短木棒，或是家中晒棉纱用的小竹筒，都可以。最好最正式的军器是"南竹块"。这东西，由一个小孩子打到另一小孩子身上时，任怎样有力，也不会大伤。且拿南竹片可以藏到袖中，孩子们学藤牌时，又可以充砍刀用，所以家中也不会禁止。缺少军器的可以到都督处去领取两枚小钱，到钱纸铺去，自己任意挑选。竹片在钱纸铺中，除了夹纸已成了废物，也幸有了这样一种销路，不然，会只有当柴烧了。

团长通知话语，大约如下：

/ 想念，往往不是刻意的 /

"据探子报：×月×日，××街，唱土地戏×天，兄弟们应各备器械，前往台边占据地盘。奋勇当先，各自为战，莫为本街出丑，是所望于大家！"

此出于侵略一方面，能具侵略胆量者，至少总有几位脚色[①]，且有联络或征服其他团体三个以上的力量才敢正式宣布，不然，戏纵要看，也只好悄悄地，老老实实地，站在远远的地方观望罢了。戏属本街呢，传话当为"×月×日，本街×段唱木人头戏，热闹非凡，凡我弟兄，俱应于闹台锣鼓打过以前，执械戎装到场，把守台边。莫为别地痞子欺侮，致令权利失去！其军械不齐又不先来都督处领取款子的，罚如律。"关于赏罚律，抄数则例示：

见敌远走者，罚钱一文。

被打起疱不哭哼者，赏钱一文。

在别处被二人以上围打不伤者，赏钱二文。

被人骂娘二句挑战不敢动手者，罚钱二文。

---

① 脚色：现在写作"角色"。

不是说到这一群小宝贝预约下来的事情么？在戏场开锣以前，空头唢呐还呜呜地吹时，本街的孩子们，三个五个，满面光辉，如生日是属于自己一样，吃得肚子饱饱的，迎上前去，就把戏台包围了。所谓台，可不是玩意儿，冠冕堂皇，真了不得呀。十多根如同臂膊大小的木杆竹竿，横七竖八地在一些麻绳子的束缚下绑好后（远看正如一个立方体的灯笼架子），接着是用破破烂烂灰布青布帐篷一类套上去，照此一来，太阳可以不会再晒到鼓起嘴巴吹唢呐的老秃顶了，一些木头傀儡也就很安静于一方阴影下老老实实休息着了。布篷套上后，已不再像灯笼架子，到后又得那类庙中用的幔子把打锣鼓一班人分隔到内房去，于是远远地看来，俨然也成了一个戏台模样。

把闹台过后，不久就是为某乡约、某保正，或是某老太太打加官的一套把戏。这真讨厌！在大戏台上，见到一个戴了面具，穿了红衣，随着"当当庆当当"的一起一落的步法走着，好久好久又才拿起那"加官赐福"或"一品当朝"的红布片子洒开一抖，已够腻人了，如今却由一个木头人再套上一个面具，也亏下面那个舞的人好意思！另一个人口中喊着为某老太太的加官呀，我们回过头去，只要选那人众中脸儿像猫的，必定就是她。她是快活极了，却不知我们都为她羞。不过，这加

/ 想念,往往不是刻意的 /

官打到自己家中的外祖母头上时,那便又当别论了,因为是这么一来,过午的钱,将因外祖母的高兴,把我们吃早饭时所预约下来的用费增加了。

有一类声音,是未经锣鼓敲打以前,就能听到的,就像:孥孥,你妈又怎不来!婆婆,又怎不把你的外孙也带来!代狗,这里要买盐葵花子!嫂嫂,这里有张空凳!……

又有一类声音,是锣鼓敲打以后,平息下来,歇了中台,始能听到,就像:老肥,米豆腐三碗,热的,多辣子!面客,饺子多作醋!卖糕的,我不要这样的!……

到歇晚台时,一切声音就都为拖曳板凳的吱吱咯咯声音吞噬了。也有不少小孩子尖锐的呼声,突出此一片嘈杂的音海,但终于抑下了,深深地陷到这类烂泥样的吵嚷中了,全场板凳移动声像一批顶小的顶坏的边响炮仗往你耳边炸。

到末了,剩下三五个顽皮的不知足的小孩子,用一种研究态度,把手指头塞到口里去,权当丁丁糖吮着,很殷勤地看到戏子们把一个一个木傀儡安置到大箱中去,又看到戏台的皮剥去后,依然恢复那灯笼架子的神气;又看到小叫化子[①],徘徊于

---

① 叫化子:现在写作"叫花子"。

灰色葵花子壳中找寻他不意中的幸运，好像一枚当十铜圆，一条手巾，一个仅只咬去一半的甜梨。

唱戏人，在布围子里地下走动着，把木傀儡从暗中伸举起来，至齐傀儡膝部自己手掌为度，若在台边看戏，利益就太多了。在台边，则一面可以看戏，一面还可见到那个唱戏的人，手中耍着木头人，口上哼哼唧唧，且极其可笑地做出俨乎其然的神气，走着戏上人物的步法。一个场面上是旦脚，如像夺阿斗的糜夫人，则耍木头人的那一位，脚步也扭扭捏捏，走动时也正同一个小脚女人样，真可笑极了。揎开布篷，便又可以见到那打锣的，在空闲时把塞到耳朵边正燃着纸煤子吸烟；吹唢呐的，嘴巴胀鼓鼓的，同含了什么两枚核桃之类，又正如杀猪志成吹猪脚那一种派头。台边前，不怕太阳晒，也是一个舒服处。还有一件顶讨便宜的事，就是随意去扳动那些脑后一颗钉挂在绳子上休息的傀儡时，戏子见到也从不呵斥！因为这中间还有一个规矩，这规矩是戏在哪一街演唱时，则那一街的孩子，在大人们许可的法律中，成了戏台周围唯一的霸有者了。在霸有者所享有的权利有如此其多，当然给了其小孩若干强烈的诱惑。帝国主义者之侵略，既无从去禁止另一街为这诱惑已

/ 想念，往往不是刻意的 /

弄得心痒痒的之强项君子，因此一来，保护主权与野心家的战争，便随时都可以发生了。

败了，大家无声无息地退下，把救兵搬来时，又用力夺回。或保留此仇，待他日报复。胜了，所谓野心家，怀了失败的羞耻，也不再看别人街上唱的戏，都督带领弟兄，垂头丧气回家去，这耻辱也保留下来，等另一机会去了。为竞争存活起见，这之间用得着临时联邦政策。毗邻一街，若无深仇，则可合力排除强权，成功后，把帝国主义者打倒后，则让出戏台前地位三分之一来做携手御外侮的报酬。也有本街孩子极少，犹能抵抗外来之人侵略主权的，此则全赖本街中之大孩子。此类大孩子，当年亦必曾做统领，有名于全城，一切孩子们所敬服，又能持中不偏，才足以济。大孩子初不必帮同作战，或用别的力来相助，所要的是公理的执行。遇他方的孩子，行使侵略，来占戏台，本街小孩子诉苦于大孩子时，大孩子即做主人，再找一二好事喜斗之徒，为执行评证，使两街孩子，到离戏场较远，不致扰乱唱戏的空地方去，排队成列，各择一人，出面来殴扑，不准哭，不准喊，不准用铁器伤人，不准从旁帮忙。跌下的，若有力再战，仍可起身做第二次比赛。第一对胜败分明后，又选第二对，第三第四继其后，以尽本街小孩子为止。到后,总评其胜负。若本街实不敌,则让戏台之一面或两面,做媾和割地议;若胜,则对方虽人多,亦不必退缩。因较大之公证人在旁,败者亦只好携手跑去,再不好意思看戏了。要报仇么?下次有的是机会,横顺土地戏是这里那里直要唱二个月以上的,并且土地戏以外也不是无时间。

在打架时,是会要影响到戏的演奏么?我才说到,那请放心,绝不会到那样!他们约下来,在解决以前,是不能靠近目的地的。人人都是那样文明,混战独战总得到大田坪里,或有沙土地方去。大坪坝空阔、平顺,免得误打别的老实小孩们,敌不过而又不甘认败的,且可以在田坪中小跑,如鸡溜头时一样。至于沙子地方,则纵跌猛地摔倒时,不至把身子跌伤,且衣服脏了也容易干净。也不知是有意还是自然哩,在城中,一块大坪,沙子软软的同棉絮样的地方,就很多!不论他是如何,孩子们,会选地方打架,那是用不着夸张也用不着隐饰的了。

不光是看戏。正月,到小教场去看迎春;三月间,去到城头放风筝;五月,看划船;六月,上山捉蛐蛐,下河洗澡;七月,烧包;八月,看月;九月,登高;十月,打陀螺;十二

/ 想念，往往不是刻意的 /

月，初三牲盘子上庙敬神；平常日子，上学，买菜，请客，送丧。你若是一个人，又不同你妈，又不同你爸，你又是结下了许多仇的一个人，那真危险！你一出街头，就得准备。起疱是最小的礼物，你至少应准备接受比起疱分量还重一点的东西。闪不知，一个人会从你身边擦过去，那个手拐子，凶凶的，一下就会撞你倒地做个饿狗抢屎的姿势！来撞你的总不止一人。他们无非也是上学，买菜一类家中职务。他若是一人，明知不是你对手，远远地他见你来，早拔脚跑了。但可以欺的，他总不会轻轻放过。他们都是为人欺苦够了的人，时时想到报复，想到把自己仇人踹到泥里头去。对仇人，没有可报复的方法时，则到处找更其怯弱的人来出气。他们见了你时，有意无意地，走过你的身边，装装自己爸爸夜里吃多了酒的醉模样，口中哼哼唧唧，把手撑到腰间，故意将拐子做了力来触撞你软地方。撞了你后，且胡胡地用鼻子说着："怎么，撞人呀！"不理是为一个不愿眼前吃亏的上策。忍不住时，抬起头去，两人目光一相接，那他便更加调皮起来！他将对你不客气地笑，这笑中，你可以省得他所有的轻蔑来。或者，他更近一步，拢到你身边来，扬起捏着的拳，恐吓似的很快的轻轻落到你背上。你不作声，还是低了头在走，那第二步的撩逗又出来了。他将把脚步拖缓下来，待你刚要走近他身边时，笑笑的脸相，充满难堪的恶意，故意若才见到你的神气："喔，我道是谁呀！若高兴打架，就请把篮子放下罢。"

这只能心里说打架是不高兴的事。虽然在另一个地方，你明知这人是不敢多事的，但如今是到了他的大门左右，一声喊，帮忙的来打狗扑羊的不知就有许多，所以"狗仗屋前"的他，便分外威风起来了。挑战的话大致不外后五种：录下以见一斑：

1．×他妈，谁爱打架就来呀！
2．卖屁股的，慢走一点，大家上笔架城去！
3．哪个是大脚色，我卵也不信，今天试试！
4．大家来看！这里来一个小鬼！
5．小旦脚，小旦脚，听不真么，我是说你呀！

骂，让他点罢，眼前亏好汉是不吃的。你一回嘴，情形准糟。欺凌过路人，这是多数方面一种固有权力，这权力也正如官家拦路抽税样：同是不合理，同是被刻薄，而又应当忍受之事；不然，也许损失还大。并且，此事在你自己，或者先时于

/ 想念，往往不是刻意的 /

你街上，就已把这税收得，这时不过是退一笔不要利息的借款罢了。

关于两街中也有这么一条，"不欺单身上学孩子"，但这义务，这国际公德，也看都督的脚色而定，若都督不行，那是无从勒弟兄们遵守的。

木傀儡戏中常有两个小丑，用头相碰，揉作一团的戏，因此，孩子们争斗中，也有了一派，专用头同人相碰。但这一派属于硬劲一流，胜利的仍然有同样的吃亏，所以人数总不多，到后来，简直就把这门战略勾除了。

一九二六年八月十日

小草与浮萍

小萍儿被风吹着停止在一个陌生的岸旁。他打着旋身睁起两个小眼睛察看这新天地。他想认识他现在停泊的地方究竟还同不同以前住过的那种不惬意的地方。他还想：

——这也许便是诗人告给我们的那个虹的国度里！

自然这是非常容易解决的事！他立时就知道所猜的是失望了。他并不见什么玫瑰色的云朵，也不见什么金刚石的小星。既见不到一个生银白翅膀，而翅膀尖端还蘸上天空明蓝色的小仙人，更不见一个坐在蝴蝶背上，用花瓣上露颗当酒喝的真宰。他看见的世界，依然是骚动，骚动像一盆泥鳅那么不绝地无意识骚动的世界。天空苍白灰颓同一个病死的囚犯脸子一样，使他不敢再昂起头去第二次注视。

/ 想念，往往不是刻意的 /

他真要哭了！他于是唱着歌诉说自己凄惶的心情：

侬是失家人，萍身伤无寄。江湖多风雪，频送侬来去。

风雪送侬去，又送侬归来。不敢识旧途，恐乱侬行迹……

他很相信他的歌唱出后，能够换取别人一些眼泪来。在过去的时代波光中，有一只折了翅膀的蝴蝶堕在草间，寻找不着她的相恋者，曾在他面前流过一次眼泪，此外，再没有第二回同样的事情了！这时忽然有个突如其来的声音止住了他："小萍儿，漫伤嗟，同样漂泊有杨花！"

这声音既温和又清婉，正像春风吹到他肩背时一样，是一种同情的爱抚。他很觉得惊异，他想：

——这是谁？为甚认识我？莫非就是那只许久不通消息的小小蝴蝶吧？或者杨花是她的女儿……

但当他抬起含有晶莹泪珠的眼睛四处探望时，却不见一个小生物。他忙提高嗓子："喂！朋友，你是谁？你在什么地方说话？"

"朋友,你寻不到我吧?我不是那些伟大的东西!虽然我心在我自己看来并不很小,但实在的身子却同你不差什么。你把你视线放低一点,就看见我了……是,是,再低一点……对了!"

他随着这声音才从路坎上一间玻璃房子旁发见①了一株小草。她穿件旧到将褪色了的绿衣裳。看样子,是可以做一个朋友的。当小萍儿眼睛转到她身上时,她含笑说:"朋友,我听你唱歌,很好。什么伤心事使你唱出这样调子?倘若你认为我够得上做你一个朋友,我愿意你把你所有的痛苦细细地同我讲讲。我们是同在这靠着做一点梦来填补痛苦的寂寞旅途上走着呢!"

小萍儿又哭了,因为用这样温和口气同他说话的,他还是初次入耳呢。

他于是把他往时常同月亮诉说而月亮却不理他的一些伤心事都一一同小草说了。他接着又问她是怎样过活。

"我吗?同你似乎不同了一点。但我也不是少小就生长在这里的。我的家我还记着:

---

① 发见:现在写作"发现"。

231

/ 想念，往往不是刻意的 /

从不见到什么冷得打战的大雪，也不见什么吹得头痛的大风，也不像这里那么空气干燥，时时感到口渴——总之，比这好多了。幸好，我有机会傍在这温室边旁居住，不然，比你还许不如！"

他曾听过别的相识者说过，温室是一个很奇怪的东西。凡是在温室中打住的，不知道什么叫作季节，永远过着春天的生活。虽然是残秋将尽的天气，碧桃同樱花一类东西还会恣情地开放。这之间，卑卑不足道的虎耳草也能开出美丽动人的花朵，最无气节的石菖蒲也会变成异样的壮大。但他却还始终没有亲眼见到过温室是什么样子。

"啊！你是在温室旁住着的，我请你不要笑我浅陋可怜，我还不知道温室是怎么样一种地方呢。"

从他这问话中，可以见他略略有点羡慕的神气。

"你不知道却是一桩很好的事情。并不巧，我——"

小萍儿又抢着问："朋友，我听说温室是长年四季过着春天生活的！为甚你又这般憔悴？你莫非是闹着失恋的一类事吧？"

"一言难尽！"小草叹了一口气。歇了一阵，她像在脑子里搜索得什么似的，接着又说："这话说来又长了。你若不嫌烦，我可以从头一一告诉你。我先前正是像你们所猜想的那么愉快，每日里同一些姑娘少年有说有笑地过日子。什么跳舞会啦，牡丹与芍药结婚啦……你看我这样子虽不怎么漂亮，但筵席上少了我她们是不欢的。有一次，真的春天到了，跑来了一位诗人。她们都说他是诗人，我看他那样子，同不会唱歌的少年并没有什么不同。我一见他那尖瘦有毛的脸嘴，就不高兴。嘴巴尖瘦并不是什么奇怪事，但他却尖得格外讨厌。又是长长的眉毛，又是崭新的绿森森的衣裳，又是清亮的嗓子，直惹得那一群不顾羞耻的轻薄骨头发癫！就中尤其是小桃——"

"那不是莺哥大诗人吗？"照小草所说的那诗人形状，他想，必定是会唱赞美诗的莺哥了。但穿绿衣裳又会唱歌的却很多，因此又这样问。

"嘘！诗人？单是口齿伶便一点，简直一个儇薄①儿罢了！我分明看到他弃了他居停的女人，飞到园角落同海棠偷偷地去接吻。"

——她所说的话无非是不满意于那位漂亮诗人。小萍儿想：

或者她对于这诗人有点妒意吧！

但他不好意思将这疑问质之于小草，他们不过是新交。他

---

① 儇薄：巧佞轻佻。

233

只问:"那么,她们都为那诗人轻薄了?"

"不。还有——"

"还有谁?"

"还有玫瑰。她虽然是常常含着笑听那尖嘴无聊的诗人唱情歌,但当他嬉皮涎脸地飞到她身边,想在那鲜嫩小嘴唇上接一个吻时,她却给他狠狠地刺了一下。"

"以后——你?"

"你是不是问我以后怎么又不到温室中了吗?我本来是可以在那里住身的。因为秋的饯行筵席上,大众约同开一个跳舞会,我这好动的心思,又跑去参加了。在这当中,大家都觉到有点惨沮,虽然是明知春天终不会永久消逝。"

"诗人呢?"

"诗人早不知到什么地方去了。有些姐妹也想,因为无人唱诗,所以弄得满席抑郁不欢。不久就从别处请了一位小小跛脚诗人来。他小得可怜,身上还不到一粒白果那么大。穿一件黑油绸短袄子,行路一跳一跳——"

"那是蟋蟀吧?"其实小萍儿并不与蟋蟀认识,不过这名字对他很熟罢了!

"对。他名字后来我才知道的。那你大概是与他认识了!他真会唱。他的歌能感动一切，虽然调子很简单——我所以不到温室中过冬，愿到这外面同一些不幸者为风雪暴虐下的牺牲者一道，就是为他的歌所感动呢——看他样子那么渺小，真不值得用正眼刷一下。但第一句歌声唱出时，她们的眼泪便一起挤出来了！他唱的是'萧条异代不同时'。这本是一句旧诗，但请想，这样一个饯行的筵席上，这种诗句如何不敲动她们的心呢？就中尤其感到伤心的是那位密司柳。她原是那绿衣诗人的旧居停。想着当日'临流顾影，婀娜丰姿'，真是难过！到后又唱到'娇艳芳姿人阿谀，断枝残梗人遗弃……'把密司荷又弄得号啕大哭了……还有许多好句子，可惜我不能一一记下。到后跛脚诗人便在我这里住下了。我们因为时常谈话，才知道他原也是流浪性成了随遇而安的脾气——"

他想，这样诗人倒可以认识认识，就问："现在呢？"

"他因性子不大安定，不久就又走了！"

小萍儿听到他朋友的答复，怅然若有所失，好久好久不作声。他末后又问她唱的"小萍儿，漫伤嗟，同样漂泊有杨花！"那首歌是什么人教给她的时，小草却掉过头去，羞涩地说，就是那跛脚诗人。

一九二五年二月十四日

一封未曾付邮的信

阴郁模样的从文,目送二掌柜出房以后,用两只瘦而小的手撑住了下巴,把两个手拐子搁到桌子上去:"唉!无意义的人生!可诅咒的人生!"伤心极了,两个陷了进去的眼孔内,热的泪只是朝外滚。

"再无办法,伙食可开不成了!"二掌柜的话很使他十分难堪,但他并不以为二掌柜对他是侮辱与无理。他知道,一个开公寓的人,如果住上了三个以上像他这样的客人,公寓中受的影响,是能够陷于关门的地位的。他只伤心自己的命运。

"我不能奋斗终生,未必连爽爽快快去结果了自己也不能吧?"一个不良的思绪时时抓着他的心。

生的欲望,似乎是一件美丽东西——也许是未来的美丽的梦，在他面前不住地晃来晃去，于是，他又握起笔来写他的信了。他要在这最后一次决定自己的命运。

A先生：

在你看我信以前，我先在这里向你道歉，请原谅我！一个人，平白无故向一个陌生人写出许多无味的话语，妨碍了别人正经事情；有时候，还得给人以不愉快，我知道，这是一桩很不对的行为。不过，我为求生，除了这个似乎已无第二个途径了！所以我不怕别人讨嫌，依然写了这信。

先生对这事，若是懒于去理会，我觉得并不什么要紧。我希望能够像在夏天大雨中，见到一个大水泡为第二个雨点破灭了一般不措意。

我很为难。因为我并不曾读过什么书，不知道如何来说明我的为人以及对于先生的希望。

我是一个失业人，不，我并不失业，我简直是无业人！我无家，我是浪人，我在十三岁以前就成了一个无家可归的人了。过去的六年，我只是这里那里无目的地流浪。

/ 想念,往往不是刻意的 /

我坐在这不可收拾的破烂命运之舟上,竟想不出办法去找一个一年以上的固定生活。我成了一张小而无根的浮萍,风是如何吹,风的去处,便是我的去处。湖南,四川,到处漂,我如今竟又漂到这死沉沉的沙漠北京了。

经验告我是如何不适于徒坐,我便想法去寻觅相当的工作。我到一些同乡们跟前去陈述我的愿望,我到各小工场去询问,我又各处照这个样子写了好多封信去,表明我的愿望是如何低而容易满足。可是,总是失望!生活正同弃我而去的女人一样,无论我是如何设法去与她接近,到头终于失败。

一个陌生少年,在这茫茫人海中,更何处去寻找同情与爱?我怀疑,这是我方法的不适当。

人类的同情,是轮不到我头上了。但我并不怨人们待我苛刻。我知道,在这个扰攘争逐的世界里,别人并不须对他人尽什么应当尽的义务。

生活之绳,看看是要把我扼死了!我竟无法去解除。

我希望在先生面前充一个仆欧①。我只要生!我

---

① 仆欧:仆役。

不管任何生活都满意！我愿意用我手与脑终日劳作，来换取每日最低限度的生活费。我愿……我请先生为我寻一生活法。

我以为："能用笔写他心同情于不幸者的人，不会拒绝这样一个小孩子。"这愚陋可笑的见解，增加了我执笔的勇气。

我住处是××××，倘若先生回复我这小小愿望时。

…………

愿先生康健！

"伙计！伙计！"他把信写好了，叫伙计付邮。

"什么？——有什么事？"在他喊了六七声以后，才听到一个懒懒的应声。从这声中，可以见到一点不愿理会的轻蔑与骄态。

他生出一点火气来了。但他知道这时发脾气，对事情没有好处，且简直是有害的，便依然按捺着性子，和和气气地喊："来呀，有事！"

一个青脸庞二掌柜兼伙计，气呼呼地立在他面前。他准备

/ 想念，往往不是刻意的 /

把信放进刚写好的封套里："请你发一下！……本京一分……三个子儿就得了！"

"没得邮花①怎么发？……是的，就是一分，也没有！你不看早上洋火、夜里的油是怎么来的！"

"……"

"一个子没有如何发？哪里去借？"

"……"

"谁扯谎？——那无法……"

"那算了吧。"他实在不能再看二掌柜难看的青色脸了，打发了他出去。

窗子外面，一声小小冷笑送到他耳朵边来。

他同疯狂一样，全身战栗，粗暴地从桌上取过信来，一撕两半。那两张信纸，轻轻地掉了下地，他并不去注意，只将两个半边信封，叠作一处，又是一撕，向纸篓中尽力地掼②去。

一九二四年十二月中旬

---

① 邮花：方言，邮票的意思。
② 掼（guàn）：扔。

遥夜（节选）

一

我似乎不能上这高而危的石桥，不知是哪一个长辈曾像用嘴巴贴着我耳朵这样说过："爬得高，跌得重！"究竟这句话出自什么地方，我实不知道。

石桥美丽极了。我不曾看过大理石，但这时我一望便知道除了大理石以外再没有什么石头可以造成这样一座又高大、又庄严又美丽的桥了！这桥搭在一条深而窄的溪涧上，桥两头都有许多石磴子：上去的那一边石磴是平斜好走的，下去的那边却陡峻笔直。我不知不觉就上到桥顶了。我很小心地扶着那用黑色明角质做成的空花栏杆向下望，啊，可不把我吓死了！三十丈，也许还不止。下面溪水大概是涸了，看着有无数用为

/ 想念，往往不是刻意的 /

筑桥剩下的大而笨的白色石块，懒懒散散睡了一溪沟。石罅里，小而活泼的细流在那里跳舞一般地走着唱着。

我又仰了头去望空中，天是蓝的，蓝得怕人！真怪事！为甚这样蓝色天空会跳出许许多多同小电灯一样的五色小星星来？它们满天跑着，我眼睛被它光芒闪花了。

这是什么世界呢？这地方莫非就是通常人们说的天宫一类的处所吧？我想要找一个在此居住的人问问，可是尽眼力向各方望去，除了些葱绿参天的树木，柳木棍下一些嫩白色水仙花在小剑般淡绿色叶中露出圆脸外，连一个小生物——小到麻雀一类东西——也不见！……或是过于寒冷了吧！不错，这地方是有清冷冷的微风，我在战栗。

但是这风是我很愿意接近的，我心里所有的委屈当第一次感受到风时便通给吹掉了！我这时绝不会想到二十年来许多不快的事情。

我似乎很满足，但并不像往日正当肚中感到空虚时忽然得到一片满涂果子酱的烤面包那么满足，也不是像在月前一个无钱早晨不能到图书馆去取暖时，忽然从小背心第三口袋里寻出一枚两角钱币那么快意，我简直并不是身心的快适，因为这是我灵魂遨游于虹的国，而且灵魂也为这调和的伟大世界溶解了!

——我忘了买我重游的预约了,这是如何令人怅惘而伤心的事!

二

当我站在靠墙一株洋槐背后,偷偷地展开了心的网幕接受那银筝般歌声时,我忘了这是梦里。

她是如何的可爱!我虽不曾认识她的面孔便知道了。她是又标致、又温柔、又美丽的一个女人,人间的美,女性的美,她都一人占有了。她必是穿着淡紫色的旗袍,她的头发必是漆黑有光……我从她那拂过我耳朵的微笑声,攒进我心里的清歌声,可以断定我是猜想得一点不错。

她的歌是生着一对银白薄纱般翅膀的:不只能跑到此时同她在一块用一块或两三块洋钱买她歌声的那俗恶男子心中去,并且也跑进那个在洋槐背后胆小腼腆的孩子心里去了……也许还能跑到这时天上小月儿照着的一切人们心里,借着这清冷有秋意夹上些稻香的微风。

歌声停了。这显然是一种身体上的故障,并非曲的终止。

/ 想念，往往不是刻意的 /

我依然靠着洋槐，用耳与心极力搜索从白花窗幕内漏出的那种继歌声以后而起的窸窣。

"哏……！"这是一种多么悦耳的咳嗽！可怜啊！这明是小喉咙倦于紧张后一种娇惰①表示。想着承受这娇惰表示以后那一瞬的那个俗恶厌物，心中真似乎有许多小小花针在刺。但我并不即因此而跑开，骄傲心终战不过妒忌心呢。

"再唱个吧！小鸟儿。"像老鸟叫的男子声撞入我耳朵。这声音正是又粗暴又残忍惯于用命令式使对方服从他的金钱的玩客口中说的。我的天！这是对于一个女子，而且是这样可爱可怜的女子应说的吗？她那银筝般歌声就值不得用一点温柔语气来恳求吗？一块两三块洋钱把她自由尊贵践踏了，该死的东西！可恶的男子！

她似乎又在唱了！这时歌声比先前的好像生涩了一点，而且在每个字里，每一句里，以及尾音，都带了哭音；这哭音很易发现。继续的歌声中，杂着那男子满意高兴奏拍的掌声；歌如下：

可怜的小鸟儿啊！

---

① 娇惰：娇媚慵懒。

244

你不必再歌了吧?

你歌咏的梦已不会再实现了。

一切都死了!

一切都同时间死去了!

使你伤心的月姐姐披了大氅,

不会为你歌声而甩去了,

同你目语的星星已嫁人了,

玫瑰花已憔悴了——为了失恋,

水仙花已枯萎了——为了失恋。

可怜的鸟儿啊!

你不必——请你不必再歌了吧!

我心中的温暖,

为你歌取尽了!

可怜的鸟儿啊!

为月,为星,为玫瑰,为水仙,为我,为一切,

为爱而莫再歌了吧!

/ 想念，往往不是刻意的 /

　　我实在无勇气继续听下去了。我心中刚才随歌声得来一点春风般暖气，已被她以后的歌声追讨去了！我知道果真再听下去，定要强取我一汪眼泪去答复她的歌意。

　　我立刻背了那用白花窗幌幕着的窗口走去，渺渺茫茫见不到一丝光明。心中的悲哀，依然挤了两颗热泪到眼睛前来……

　　被角的湿冷使我惊醒，歌声还在心的深处长颤。

一九二四年圣诞节后一日北京作

狂人书简——
给到×大学第一教室绞脑汁的可怜朋友

可怜的你们，既然到这里来，大概都是为着生活的威迫而陷于失业时候了。你们没有职业，为甚不去爽爽利利地结果了自己，何苦对于"生"如此眷恋？你们也许因为你们自己的梦，你们也许因为自己家中可怜的父母姊妹——她们的梦又建筑在你身上——而觉得生足以眷恋吧？但是，这世界，是能让你们这样柔懦的人们，永远地，永远地，做着梦生下去的世界吗？

你们抱着偌大的希望，来到这里，期望自己写的那两个小楷字，什么意见书的文章，走到看卷先生们眼下，引起注意，得蒙赏识，认定你的能力时，会给你一口饭吃；可你们人是这

/ 想念，往往不是刻意的 /

样多，而足以安置你们的书记又是这样少！你们的希望，可怜啊！你们两百人中间一百九十几个的希望。

我想你们的脑汁实在不必绞了！——尤其少年的弟兄。你们应当到别的事情上去想法。这桩事，最好是让老到不能干重活粗活的叔父们去干。你们可以跑到军队中去，你们可以去做与兵对称与兵时时相互变易名号的匪队里去。你们除了兵匪以外也还可以去做一个苦力——但你们无论如何却不应做这种事情。你们还年轻！你们的梦也不能建筑在这种比卖淫的女人还不如的事业上！你们既不能借着父兄余荫，享一点安乐福；你们又不会像别人百计钻营，最好还是当兵哟！我们当兵去，我们都可以当兵去！别个朋友劝我当兵，我更想劝你们都去。当兵的好处，比像每日随着打筛的马同一步骤同一待遇的书记强多了！当兵入伍，比我们到这囚牢中给一些狗看我们像受刑的囚犯似的情形好多了！

左右我们在世界上实在值不得活下去——就是春天的好处也没有你我的份；一枪打死，算个什么呢。万一若不被打死，你就可以去打人了；你可以用枪随你的意思去向敌人瞄准，不拘打哪一块。

你们也许还认不清你们的敌人。这我可以告你。眼前的一切，都是你的敌人！法度，教育，实业，道德，官僚……一切一切，无有不是。至于像在大讲堂上那位穿洋服梳着光溜溜的分头的学者，站立在窗子外边龇着两片唇口嬉笑的未来学者（以及同你在战场上血肉搏争的对抗兵士），他们却不是你们的敌人，只是在你们敌人手下豢养而活的可怜两脚兽罢了！他们虽然对于你们的苦囚样子，感到一点好玩的卑劣意思，为着自己地位的骄傲，暗里时常发笑，也间或会于不能自已的时候，想把你们放到脚下来蹂躏几脚，抒抒他们被他主人践踏无处发泄的怨气。但他们终不是我们的敌人。他们的行为，我们见到，也只觉得又讨嫌又可怜罢了。

说到匪，你们会比兵还更不愿听，但这不是你们的罪，却是束缚你们的链索太紧了，所以也许你们听到我的话时，要不知不觉把两个手掌掩到耳朵上来。你们似乎以为抢劫犯是人类中最劣等的东西，抢劫是人类中最不良的行为。其实，你们错了！你们都给传下来的因袭奴隶德行缚死了！你们不是不知道满足你们生命的要求——你们知道可以满足你们要求实现你们梦的路途，却不敢去走，可怜啊！你们这些懦弱不中用的傻子！

你们理智告你们抢人是不道德，只准你屈服于生活下。怎

/ 想念，往往不是刻意的 /

么你们就这样傻？在你不得吃饭那天，抱着肚子到卤肉铺门前嗅香味，"啯嘟啯嘟"咽唾沫时，从铺子里出来的那个穿狐皮大衣的肥白脸子的绅士，曾因为见到你的可怜，抛掷过一小节腊肠给你吗？

假便你真遇到过这么一回事，你的道德心也不空用了！到这世界上，谁个不是仗着与同类抢抢夺夺来维持生存？你不夺人，别人把你连生活下去的权利也剥夺去了！金钱，名位，哪里不是从这个手中抢到那个手中？你们眼力也不算很差，在后排的还能看出黑板上面那题目几个小字，但为甚这么大一条谎骗人的东西，却看不出？

别人的抢劫，有制度为他护符，有强力为他勒迫承认——但抢还是抢，你既不能像别人那么去抢，连干脆凭本领去抢人也不行吗？你们，该死的你们！你们不知道别人连你生存权利也早抢了去，你们已不配生；你们不敢去抢人，单做点梦来欺骗你自己，你们也不能生！在可怜的柔懦弟兄们圈子中偷跑出来的一个人。

附言：

承"试官先生"给了一份卷子，使我能写出这信与各弟兄们谈谈,在此特别致谢。承另一位先生引示我到讲室的途径,我也在此谢谢。出讲室时,又承众多在外面看热闹的弟兄,各把冷的视线投到脸上,我也在此谢谢。不知是哪个先生,曾说过"这是一个癫子!"这我不仅谢谢他的好意,并且更觉得这位不识面的先生眼力过人而值得佩服了!

一九二五年四月十五日